Edgar Wallace

Nacherzählt von Alex Barclay

Das Silberne Dreieck

Band 7: Der Mann, der zweimal starb

Edgar Wallace

Nacherzählt
von Alex Barclay

Das Silberne Dreieck
und
Der Mann, der zweimal starb

C. Bertelsmann Jugendbuch

Einbandgestaltung: Klaus Renner unter Verwendung
einer Illustration von Charlotte Panowsky
Gesamtherstellung: Mohndruck Graphische Betriebe GmbH, Gütersloh
ISBN 3-570-08357-8 · Printed in Germany

1. Kapitel
Der Totentanz

Henry Winfield führte seine Touristengruppe zum Albert Memorial. Im Moment brauchte er den Leuten, die ihm kreuz und quer durch die riesigen Parkanlagen gefolgt waren, nicht viel zu sagen. Die Kensington Gardens präsentierten sich an diesem herrlichen Montagnachmittag in buntester Herbstpracht. Henry Winfield ließ den Leuten Zeit, die wunderbare und geruhsame Atmosphäre zu genießen. Er half einer älteren Dame, einen neuen Film einzulegen, ließ sich selbst mit einem Ehepaar aus Dänemark fotografieren und schenkte einem hübschen dunkelhaarigen Mädchen aus Österreich eine blutrote Aster, die er im Vorbeigehen am Rand eines Blumenbeetes gepflückt hatte. Das Mädchen, Dagmar hieß es, errötete ein bißchen, schlug die Augen nieder und hielt die Blume beinahe verschämt gegen ihre Wange. Jemand in der Gruppe lachte, und Henry Winfield war wieder einmal glücklich, hier zu sein, mit diesen fröhlichen Leuten zusammen, die den Alltag irgendwo auf dem Kontinent zurückgelassen hatten, um in London ein paar Tage Urlaub zu verbringen.

Und London hatte viel zu bieten.

Die Kensington Gardens, zum Beispiel. Sie sind ein Teil des Hydeparks, der größten Parkanlage Londons. Henry kannte die Geschichte des Parks. Schon tausendmal hatte er sie erzählt. Immer und immer wieder. Auch an diesem Nachmittag.

Ursprünglich war der Park im Besitz der Westminsterabtei gewesen. Im Jahre 1536 wurde er von Henry VIII. in einen königlichen Wildpark umgewandelt, und hundert Jahre später öffnete ihn Charles I. dem Volk. Fast die ganze Geschichte Londons war gleichzeitig die Geschichte des Königshauses. Wer sie nicht kannte, konnte sich gar nicht vorstellen, warum heute alles so war, wie es war. Henry liebte Geschichte. Wenn er durch den Hydepark ging, konnte er die Leute sehen, die zweihundert Jahre zuvor die gleichen Pfade gegangen waren. Karoline von Ansbach zum Beispiel, die Gemahlin von George II. Sie hatte den großen Serpentinenteich anlegen lassen, der heute der Tummelplatz vieler Wasservögel war und ein beliebter Ort zum Baden, Rudern und Segeln.

Dort, wo sich der Flower Walk mit dem Lancaster Walk kreuzte, versammelte Henry Winfield die kleine Gruppe um sich und wies zum Albert Memorial, das in den Jahren 1863–1876 für Prinz Albert von Sachsen-Coburg-Gotha erbaut worden war. Das Denkmal stand am Ende des Lancaster Walks, eines breiten Fußweges mit Parkbänken zu beiden Seiten, im Schatten mächtiger alter Bäume.

Henry erzählte vom Bau des Denkmals, von Prinz Albert, dem Gemahl von Königin Victoria, und vom Erbauer, Sir Gilbert Scott. Er konnte gut erzählen. Die Geschichte wurde vor den Augen der Leute lebendig, während Henry sie näher an das Denkmal heranführte, so daß sie die Bronzefigur des Prinzen erkennen konnten, der unter dem reichgeschmückten 58 m hohen gotischen Baldachin auf einem mächtigen Sockel sitzt. In seiner Hand hält er den Katalog der Weltausstellung. Auf dem Postament zeigen Marmorreliefs 178 berühmte Persönlichkeiten der Kunst und Wissenschaft aus allen Zeitepochen.

Henry Winfield war gerade dabei, die Figurengruppen an den Ecken des Monuments zu erklären, als plötzlich ein Mann hinter dem Postament hervorkam und auf die Freitreppe taumelte.

Henry erkannte den Mann sofort, er hatte sein Bild schon mehrere Male in den Zeitungen gesehen. Dort oben, schwankend wie ein Betrunkener, stand John Didsworth, der bekannte Theaterschauspieler. Er trug einen Hut und einen Regenmantel. Wahrscheinlich war er der einzige Mensch in London, der an diesem schönen Herbstnachmittag einen Regenmantel trug. Und weiße Gamaschen.

Henry lächelte. Künstler sind eben verrückte Leute, dachte er und merkte gleichzeitig, daß die Leute um ihn herum dichter an ihn herandrängten, als suchten sie Schutz. Er lachte. Für die Leute vom Festland mußte der Mann auf der Freitreppe ein beängstigendes Bild abgeben. Besonders, als er jetzt einen großen alten Revolver aus dem Mantel zog und mit ihm herumzufuchteln begann. Drüben auf dem Festland hatte man wohl noch nichts von John Didsworth gehört, diesem jungen, erfolgreichen Bühnenschauspieler, der mit seiner Rolle als Romeo die Herzen aller Londoner im Sturm erobert hatte.

Für Henry aber war das Erscheinen dieses Mannes nichts als ein wunderbares Erlebnis. Er trat vor, strahlend vor Freude. »Ladies und Gentlemen, darf ich Ihnen ein einmaliges Gastspiel präsentieren! Mr. John Didsworth – der große Schauspieler . . .«

Das Mädchen, dem Henry eine Aster geschenkt hatte, lachte. »Ist er wirklich ein Schauspieler?«

»Der beste, der zur Zeit in London auf den Brettern steht«, verkündete Henry. »Er ist der feurigste und romantischste Geliebte, den Julia jemals hatte. Shakespeare würde sich einen Balkonsitz reservieren lassen, solange Mr. Didsworth am National-Theater für die Rolle des Romeo engagiert ist.«

»Ich glaube aber, es handelt sich bei diesem Gent eher um einen Betrunkenen«, sagte ein Mann aus Deutschland, der ziemlich gut englisch sprach. »Oder vielleicht ist er ein Verrückter.«

Henry wollte gerade sagen, daß alle Künstler auf die eine oder andere Art verrückt waren, als John Didsworth die Treppe hoch lief, plötzlich stehenblieb und in einer theatralischen Weise beide Arme hob. Der Wind wehte seine Worte durch den Park.

»Feuer in meiner Seele!« schrie er. »Rasender Schmerz! Komm und erlöse mich, o Julia!«

Henry blieb das Lachen im Hals stecken, als John Didsworth den Revolver auf die kleine Touristengruppe richtete. Krachend löste sich der Schuß. Mit einem erstickten Schrei sank neben Henry das Mädchen mit den dunklen Haaren in die Knie. Niemand reagierte. Vor Entsetzen gelähmt, starrten sie alle zur Treppe des Denkmals hoch. Dort oben stand John Didsworth. Der Hut war ihm vom Kopf gefallen. Sein Mantel umwallte ihn. Das Haar hing ihm über das hagere blasse Gesicht mit dem schmalen Mund und den glitzernden Augen, die in tiefen dunklen Höhlen lagen. Er lachte in das Echo des Schusses hinein, und während die Leute unten nun in panischer Angst auseinanderstoben, hob der junge Schauspieler den Revolver an seine Stirn.

Nur Henry blieb regungslos am Fuße der Treppe stehen und starrte gebannt auf das Schauspiel, das sich seinen ungläubig aufgerissenen Augen bot. Das kreischende Gelächter, das Geschrei der fliehenden Menschen, die Hilferufe des Mädchens, das zu seinen Füßen am Boden lag, hörte Henry wie Geräusche und Laute, die aus weiter Ferne und durch dichten Nebel an sein Ohr drangen. Als wäre es nichts als ein schrecklicher Alptraum, ein Theaterstück, das der Teufel geschrieben hatte, spielte sich vor seinen Augen eine Szene ab, die er nie mehr vergessen würde.

John Didsworth begann auf der Freitreppe zu tanzen, taumelte über die Stufen herunter, wiegte sich in seinem eigenen Gelächter und drückte schließlich den Revolver ab.

Jetzt schloß Henry Winfield wie geblendet die Augen. Er versuchte sich in diesen Sekunden des Schreckens einzureden, daß dies alles nicht wahr war: der schöne Herbsttag, die bunten Blätter, die im Wind tanzten, das hübsche Mädchen mit der Aster, John Didsworth auf der Treppe des Albert Memorial. Aber als er die Augen wieder öffnete, war alles noch da. Und Polizeipfeifen wurden laut. Auf den untersten Stufen der Treppe lag John Didsworth mit ausgestreckten Armen und Beinen. Nur der Mantel bewegte sich noch leicht im Wind.

Henry bemerkte erst jetzt, daß sich das Mädchen zu seinen Füßen halb aufgerichtet hatte. Er kniete nieder. Die Augen des Mädchens waren groß und voller Angst. Es klammerte sich an ihm fest. Sein Atem ging keuchend. Schweiß lief ihm über das vor Entsetzen entstellte Gesicht.

»Bitte helfen Sie mir«, keuchte das Mädchen gepreßt. »Bitte, ich will nicht sterben. Helfen Sie mir.«

Henry schluckte. Er legte seinen Arm um sie und drückte sie sanft an sich, ohne zu merken, wie ihm die Tränen kamen und über die Wangen liefen.

Die Pause zwischen dem ersten und zweiten Akt war ungewöhnlich lang. Aber die drei Herren, die in einer der Logen saßen, waren so harmonischer Stimmung, daß es keiner für notwendig hielt, Konversation zu machen. Das Theaterstück, das sie sich ansahen, war ein gewöhnliches Detektiv- und Verbrecherstück, und jeder von ihnen hatte das »Geheimnis« des Mordes schon enträtselt, bevor der Vorhang nach dem ersten Akt fiel. Alle drei hatten ohne große geistige Anstrengung die richtige Lösung gefunden, und eigentlich war dies nicht verwunderlich.

Bei den drei Herren handelte es sich nämlich um Kriminalinspektor Philander Dearborn von Scotland Yard und um zwei Mitglieder des Silbernen Dreiecks, nämlich um den gutaussehenden, sportlichen George Manfred und Leon Gonsalez, der ein Mann von unglaublichem Kombinationstalent und unfehlbarer Menschenkenntnis war.

Die drei hatten schon zusammen in Charing Cross zu Abend gespeist, und zwar auf Einladung von Dearborn, der an diesem Tag in besonders großmütiger Stimmung zu sein schien.

Jetzt saßen sie also einträchtig nebeneinander in den bequemen Polsterstühlen und warteten darauf, daß sich der Vorhang wieder öffnen würde. Dabei fiel Leon Gonsalez auf, daß Dearborn die Stirn runzelte, so als ob er sich widerwillig mit unangenehmen Gedanken beschäftigte. Leon lachte leise. Dearborn wandte den Kopf und begegnete den belustigten Blicken Leons, der sich etwas vorgebeugt hatte.

»Warum lachen Sie?« fragte Dearborn, angesteckt durch die Fröhlichkeit des anderen.

»Ihre Gedanken belustigen mich«, gab Leon zurück.

»Meine Gedanken?« fragte Philander Dearborn erstaunt.

»Ja, Sie dachten doch eben an die Vergangenheit des Silbernen Dreiecks.«

Für einen Moment sah es danach aus, als wollte der Inspektor dies abstreiten. Er hatte schon eine verneinende Erwiderung auf der Zunge, hütete sich aber im letzten Moment, sie auszusprechen. Gonsalez und Manfred hätten sich von ihm niemals täuschen lassen, und ehe er sich an diesem Abend ihrem Gespött preisgab, biß er sich lieber auf die Zunge.

»Seltsam, wie leicht es Leon fällt, die Gedanken eines anderen zu erraten, nicht wahr, Inspektor?« sagte George Manfred lächelnd.

»Äußerst merkwürdig«, gab Dearborn zu. »Ich habe tatsächlich an Sie gedacht. War das nun Telepathie?«

Leon Gonzales schüttelte den Kopf.

Manfred schaute unterdessen wieder interessiert ins Parkett, wahrscheinlich in der Hoffnung, mit seinen feurigen Blicken die Aufmerksamkeit einer der hübschen jungen Damen auf sich zu lenken.

»Nein, das war keine Telepathie«, erwiderte Leon. »Ich konnte Ihre Gedanken Ihrem Gesicht ablesen, Verehrtester.«

Dearborn holte sein Taschentuch aus seinem Jackett und schneuzte so dezent wie möglich hinein. »Ein verspäteter Heuschnupfen«, erklärte er leise und sogar etwas verlegen. Er war wohl der einzige Mensch in Großbritannien, der im November unter einem Heuschnupfen litt.

»Vielleicht sind Sie auch gegen Katzen allergisch«, wandte Leon ein.

»Niemals!« empörte sich Dearborn. »Ich liebe Katzen.« Er steckte das Taschentuch ein. »Nun sagen Sie mir doch, wie Sie darauf gekommen sind, daß ich an Sie und Ihre beiden Partner gedacht habe. Ich möchte aber sogleich gestehen, daß es nicht die allerbesten Gedanken waren.«

»Was ich Ihnen keineswegs übelnehme«, lächelte Leon. »Der Gesichtsausdruck, besonders der Ausdruck der Erregung, gehört in die Kathegorie der primitiven Instinkte – sie sind nämlich nicht gewollt, nicht beabsichtigt.« Leon war nun bei seinem Lieblingsthema, und er wünschte nur, er hätte Signore Montegazzas Buch über die Gesichtsforschung dabeigehabt, um Dearborn zu verdeutlichen, wie leicht Menschen ihr tiefstes Innenleben durch ihren Gesichtsausdruck verrieten.

»Wenn zum Beispiel ein Billardspieler einen Ball gestoßen hat, so verrenkt er gewöhnlich seinen Körper je nach der Richtung, die der Ball nimmt. Dabei, so können Sie ohne weiteres beobachten, verzieht er auch sein Gesicht. Die innere Anspannung beherrscht seine Züge. Seine Lippen bewegen sich mit dem Ball. Sein ganzes Gesicht kann so schief werden, daß sich der Mann im Spiegel nicht wiedererkennen würde. Selbstverständlich trifft dies auf den einen mehr zu als auf den anderen, Verehrtester, aber wer seine Beobachtungsfähigkeit geschärft hat, dem entgeht nicht die geringste Reaktion.«

»Das klingt ja alles höchst wissenschaftlich«, sagte Dearborn nicht gerade begeistert.

Leon lächelte. »Haben Sie schon einmal einem Kind zugesehen, das mit einer Schere ein Stück Papier oder ein Stück Tuch abschneidet, das eine ganz bestimmte Form haben soll?« Leon lehnte sich zurück. »Na sehen Sie, jetzt geht Ihnen ein Licht auf, Verehrtester. Und das sieht man Ihrem Gesicht so deutlich an, als hätten Sie einen Schalter unter der Nase, wenn Sie mir diesen etwas drastischen Vergleich verzeihen wollen.«

Dearborn seufzte. »Ihre Ausführungen in Ehren, mein lieber Gonsalez, aber gibt es denn tatsächlich einen feststehenden Gesichtsausdruck für den Gedanken an das Silberne Dreieck?«

Leon wiegte den Kopf, und Dearborn versuchte vergeblich, im Gesicht des Detektivs erkennen zu können, ob dieser alles ernst meinte oder ob er ihn auf den Arm nehmen wollte.

»Es würde sehr lange dauern, Ihnen alles ganz genau zu beschreiben, Verehrtester. In Ihrem Fall habe ich allerdings die Gedanken weniger gelesen als vermutet. Die letzten Worte des Aktes, den wir sahen, wurden von einem theatralischen Geistlichen gesprochen, nicht wahr?«

»Ja, natürlich.«

»Entsinnen Sie sich auch noch, was er gesagt hat?«

»Hm, ich muß gestehen, daß ich nicht in der Lage wäre, die Sätze wortwörtlich zu wiederholen.«

Leon hob die Brauen. Er beugte sich zu Dearborn hinüber und ahmte leise die Stimme des Schauspielers nach. »Gerechtigkeit! Es gibt eine Gerechtigkeit, die über dem Gesetz steht, besonders dann, wenn das Gesetz nicht ausreicht, einen Schuldigen für seine Tat zu bestrafen.«

Dearborn hob die Brauen. »Das stimmt«, sagte er grimmig. »Und die Worte haben mich auf den Gedanken gebracht, Ihnen und Ihren beiden Gefährten die Detektivlizenz entziehen zu lassen, wenn das Silberne Dreieck seine Methoden nicht dem geltenden Recht anpaßt.«

»Ein Gedanke, der sich geradezu aufdrängt, nicht wahr, Verehrtester. Immerhin gelang es uns, mehrere

Verbrechen aufzudecken, mit denen Scotland Yard zu lange ergebnislos beschäftigt war.«

»Ich dachte, dies soll ein vergnüglicher Abend werden«, raunte Manfred den beiden zu. »Man wird in der Loge vis-à-vis bereits aufmerksam.«

»Vis-à-vis«, knurrte Dearborn. »Warum gewöhnen Sie sich nicht eine Sprache an, die hier in London heimisch ist, zum Teufel?«

Manfred grinste, erwiderte aber nichts darauf, weil unten im Parkett eine hübsche junge Dame, in Begleitung eines älteren Herrn mit graumelierten Schläfen, ihre blonden Locken schüttelte, bevor sie einen verstohlenen Blick zur Loge hinauf warf.

»Nun, Verehrtester, um auf das Thema zurückzukommen, ich sah, wie Sie die Stirn runzelten und dann dem Chefredakteur des *Daily Megaphon* zunickten, als wollten Sie ihm ein Zeichen geben. Ich nehme an, dieses Nikken hatte zu bedeuten, daß Sie voll und ganz hinter dem Artikel stehen, den Sie für diese Zeitung geschrieben haben.«

»Ich schreibe ab und zu für *Daily Megaphon*«, sagte Philander Dearborn mit einer wegwerfenden Handbewegung.

»Aber vorgestern erst kam der Artikel über die konventionellen Methoden der Verbrechensbekämpfung in einer Großstadt wie London. Und da haben Sie natürlich Scotland Yard in Schutz zu nehmen versucht, während Sie wieder einmal nicht davor zurückschreckten, das Silberne Dreieck als . . . wie haben Sie es noch genannt . . . Detektiv-Piraten darzustellen. Gratuliere, Verehrtester, der Ausdruck hätte mir einfallen können.«

»Danke«, schmunzelte Dearborn. »Und nun vermuten Sie, daß mich das Gewissen plagt?«

»Ein bißchen wohl schon. Deshalb die Einladung heute abend.«

»Ich gebe zu, daß ich manchmal selbst wünsche, ich könnte anders vorgehen«, erwiderte Dearborn zögernd.

Leon legte ihm versöhnlich die Hand auf die Schulter. »Na, sehen Sie, Verehrtester, und damit wären wir endlich wirklich beim Thema.«

»Ich verstehe nicht«, sagte Dearborn und hob die Brauen.

»Der Grund, warum Sie uns ausgeführt haben, Inspektor, ist nicht nur Ihr schlechtes Gewissen«, sagte Manfred trocken.

»So?« Dearborns Blicke wechselten von einem zum anderen.

»Der tatsächliche Grund, Verehrtester, ist die Tatsache, daß es Scotland Yard bis jetzt noch nicht gelungen ist herauszufinden, wer für den Selbstmord von John Didsworth verantwortlich ist. Sie suchen die Hintermänner.«

»Das . . . das ist eine geradezu unverschämte Behauptung, Gonsalez«, stieß Dearborn mühsam hervor, und es schien, als kämen ihm die Tränen. Leon und Manfred waren nicht ganz sicher, ob es Tränen der Wut waren oder ob sie ihm der Schnupfen in die Augen trieb.

»Was wissen Sie darüber?« fragte Dearborn gepreßt. Er fuchtelte mit dem Taschentuch vor seinem Gesicht herum. »Schießen Sie los, Gonsalez. Was wissen Sie über den Fall Didsworth?«

»Nichts.«

»Das nehme ich Ihnen nicht ab.«

»Es stimmt aber. Ich kann mir nur vorstellen, daß Sie ziemlich unter Druck stehen. Die Zeitungen geben nicht auf, über den Tod dieses jungen Bühnentalents zu schreiben. Selbst auf dem Festland ist man aufmerksam geworden, zumal eine junge österreichische Touristin ebenfalls betroffen ist.«

Dearborn seufzte. »Ich gebe zu, daß mir der Fall ziemlich schwer auf dem Magen liegt. Aber ich brauche weder Ihre Hilfe noch die Ihrer beiden Partner.«

Manfred lächelte, bleckte aber dabei die Zähne. Er sah wölfisch aus, er konnte das sehr gut. »Inspektor, es ist uns längst klar, daß Sie unsere Hilfe *niemals* benötigen. Trotzdem glaube ich, daß wir Ihnen vielleicht zur Hand gehen könnten.«

»Inwiefern?«

»Wie können wir das wissen. Sie sind es doch, der den Fall bearbeitet und inzwischen hoffentlich ein Stück weitergekommen ist.«

Dearborn senkte den Kopf. Das tat er immer, wenn er sich bedrängt fühlte und nicht davonlaufen konnte.

»Es gibt nichts zu sagen«, murmelte er beinahe trotzig. Und er hatte Glück, denn langsam wurde das Licht der Kronleuchter schwächer, und nur noch die Strahler, die auf den blauen Samtvorhang gerichtet waren, leuchteten hell. Langsam öffnete sich der Vorhang. Der zweite Akt begann. Leon Gonsalez lehnte sich zurück und konnte ein Gähnen nicht unterdrücken.

2. Kapitel
Der Mann mit dem bösen Gesicht

Im zweiten Akt passierte nichts, was die drei Herren in der Loge hätte überraschen oder gar aus der Ruhe bringen können. Entweder mangelte es dem Autor des Stükkes an Phantasie, oder der Intendant der Aufführung hatte nicht begriffen, daß es bei einem Kriminalspiel darum gehen sollte, das Publikum in Atem zu halten. Fast erleichtert waren die drei Herren, als endlich der Vorhang fiel. Zu ihrem Erstaunen bedachte jedoch das Publikum die Vorstellung freizügig mit Applaus.

»Es scheint, als wären wir zu abgebrüht für dieses Theaterstück«, sagte Manfred, ohne die Blicke vom Parkett zu nehmen. »Schau dir doch einmal den Herrn mit den großen Brillantknöpfen an der Hemdbrust an, Leon. Was hältst du von ihm?«

Leon richtete sein Opernglas auf den Mann und betrachtete ihn eingehend.

»Ich würde ihn gern einmal sprechen hören«, erwiderte er nach einer Weile, ohne das Glas von den Augen zu nehmen. »Er hat ein weiches Gesicht, aber sein Unterkiefer ist so stark entwickelt, daß die unteren Zähne über die oberen vorstehen. Sind seine Augen nicht ungewöhnlich groß?« Er reichte das Glas weiter, und Manfred richtete es auf den ahnungslosen Fremden.

»Sie sind groß – ja, sie treten stark hervor«, stellte er fest. »Außerdem hat er gerötete Wangen. Es scheint, als hätte ihn das Stück ziemlich erregt, nicht wahr?«

»Was fällt dir sonst noch an ihm auf?«

»Seine Lippen sind dick und aufgeworfen. So, als wären sie geschwollen.«

Leon wandte sich an Dearborn, der sich mit ein paar Tropfen eine freie Nase verschafft hatte. »Ich wette nie, Verehrtester, aber wenn ich es täte, würde ich tausend Pfund darauf setzen, daß die Stimme dieses Mannes heiser und belegt ist.«

Dearborn schnüffelte in sein Taschentuch hinein. Irgendwie fühlte er sich unbehaglich. Besonders das kaum erkennbare Grinsen in Leons Gesicht gefiel ihm gar nicht. Hatte ihn dieser tatsächlich durchschaut? Wußte er nun, warum er ihn ins Theater mitgenommen hatte?

»Ich nehme an, daß Ihnen der Mann bekannt ist, Snake-Eye«, sagte Leon mit einem lauernden Unterton in der Stimme. Er gehörte zu den wenigen Menschen, die Inspektor Philander Dearborn ab und zu ungestraft mit dem Spitznamen ansprechen durften, der ihm von der Londoner Unterwelt gegeben worden war: Snake-Eye – das Schlangenauge.

»Und wie, mein lieber Freund«, erwiderte Dearborn beinahe zynisch, »kommen Sie auf diesen verrückten Gedanken?«

Das Grinsen in Leons Gesicht verstärkte sich. »Geben Sie sich keine Mühe, Dearborn. Ich nehme sogar an, daß Sie für diesen Mann sogar ein persönliches Interesse hegen, das Sie uns gegenüber auf die Dauer nicht ganz verheimlichen wollen.«

»Sie sind ein Tausendsassa«, knurrte Dearborn.

»Nicht wahr«, lächelte Leon freundlichst.

»Tatsache ist, daß Mr. Ballam wirklich über eine ausgesprochen rauhe Stimme verfügt. Ich möchte nur gern wissen, was der Fachmann daraus schließt, Gonsalez?«

»Daß es sich bei Mr. Ballam um einen nicht gerade liebenswürdigen Zeitgenossen handelt«, erklärte Leon Gonsalez in der Art eines Mannes, der sich seiner Feststellungen außerordentlich sicher war. »Um es genauer auszudrücken, Verehrtester, ich halte diesen Mann dort unten für eine sehr gefährliche und schlechte Person.«

»Gonsalez, man sollte Menschen niemals nach ihrem Äußeren beurteilen, nicht wahr«, entgegnete Philander Dearborn. »Doch muß ich Ihnen im Fall von Mr. Ballam recht geben.«

Manfred wandte sich um. »Wer ist er denn?« fragte er argwöhnisch.

»Ein Mann, mit dem Scotland Yard seine liebe Müh und Not hat«, sagte Leon Gonsalez.

Dearborn rieb aufgeregt seine Nase. »Würde ich Sie nicht genau kennen, Gonsalez, könnte ich jetzt sehr grob werden und einfach behaupten, daß Ihnen der Mann von früher her bekannt ist. Aber nachdem Sie mir in der ersten Pause so ausdrücklich vorgeführt haben, daß Sie tatsächlich was von Physiognomie verstehen, bin ich davon überzeugt, daß mehr dahintersteckt, als ich bisher angenommen habe.«

»Der Mann ist ein Verbrecher, nicht wahr?« sagte Leon Gonsalez.

Dearborn nickte. »Bei Mr. Gregory Ballam handelt es sich um einen der durchtriebensten Halunken Londons«, sagte er und zog leise die Nase hoch. »Wir konnten ihm bisher niemals etwas nachweisen, aber das ist eben sein Glück im Spiel. Er ist schlau wie der Teufel, kaltblütig und schlüpfrig. Es tut mir außerordentlich leid, eine so hübsche Dame wie Genee Maggiore in seiner Begleitung zu sehen.«

»Ist das die Dame, die neben ihm sitzt?« fragte Manfred interessiert.

»Sie ist Schauspielerin«, murmelte Leon. »Siehst du, wie sie von Zeit zu Zeit ihren Kopf erst nach links und dann nach rechts dreht, obwohl es weder links noch rechts etwas zu sehen gibt.«

»Eine äußerst anmutige Bewegung«, stellte Manfred fest.

»Natürlich, aber darum geht es nicht. Die junge Dame ist es gewohnt, Blicke auf sich zu ziehen. Das ist weniger Eitelkeit als ein besonderes Kennzeichen ihres Berufes.«

»Und was treibt dieser Ballam, wenn er nicht gerade mit hübschen Schauspielerinnen ausgeht?«

»Jetzt kommen wir gleich zur Sache, vermute ich«, sagte Leon.

Dearborn runzelte die Stirn. »Sie hat nichts mit John Didsworth zu tun, falls Sie das meinen.«

»Nicht Miß Maggiore vielleicht, jedoch gewiß dieser Mr. Ballam.«

Dearborn gab sich insgeheim zu, daß ihn Leon wieder einmal ziemlich ausmanövriert hatte. Aber im Grunde genommen gab es dagegen nichts einzuwenden, denn immerhin hatte er dies fast bezweckt.

»Reich ist er bestimmt«, sagte Manfred nachdenklich. »Fragt sich nur, womit er sich seine Brötchen verdient.«

»Well«, sagte Dearborn, »es ist sehr schwierig, Ihnen zu erklären, wie Gregory Ballam sein großes Einkommen erwirbt. Er ist eine Art Geldverleiher und hat nebenbei noch verschiedene andere einträgliche Geschäfte.«

»Was zum Beispiel?«

Dearborn zögerte, als wollte er nicht gerne antworten. Aber das gehörte nur zum Spiel. Immerhin war er gewillt, in dieser Sache wenigstens sein Gesicht zu wahren.

»Ich will es Ihnen im tiefsten Vertrauen sagen: Wir haben Grund anzunehmen, daß er eine Opiumhöhle unterhält, die von reichen Leuten besucht wird.«

»Oder von Künstlern«, ergänzte Leon.

Dearborn legte den Kopf schief, sagte aber nichts.

»Didsworth war dort, nicht wahr? Bevor er in den Park ging, zu seiner letzten Aufführung.«

Jetzt nickte der Inspektor. »Wir nehmen an, daß Mr. John Didsworth die Nacht in dem geheimen Etablissement von Gregory Ballam verbracht hat, bevor er außer Rand und Band geriet und sich selbst umbrachte.«

»Rauschgift«, sagte Manfred. »Die Zeitungen haben geschrieben, daß er irgendwelche Drogen zu sich genommen hatte. Opium vielleicht, Koks, anderes Zeug.«

»Genaues schrieb niemand, weil man die Erinnerung an einen jungen, vielversprechenden Theaterschauspieler nicht zerstören will«, sagte Leon. »Er genoß großes Ansehen, dieser junge, kühne Held. Er war ein Idol der heutigen Generation, ein Traum für Jung und Alt. Er strahlte Gesundheit und Kraft aus, und niemand wußte, wie es tief in seinem Inneren wirklich aussah. Und jetzt hat man Angst davor, die Wahrheit ans Tageslicht zu bringen. Man könnte Träume zerstören, Leute erschrekken, die Welt der Jungen zerstören. Mir geht der Hut hoch, Snake-Eye, wenn ich daran denke, daß wir einem solchen gefährlichen Trug ausgeliefert sind, ohne ihm ernstlich begegnen zu können.«

»Wie die Zeitungen berichtet haben, starb John Didsworth nicht auf den Stufen des Albert Memorials?« fragte Manfred.

»Er starb knapp anderthalb Stunden danach in der Notstation eines städtischen Krankenhauses«, erklärte Dearborn. »Er kam noch einmal kurz zum Bewußtsein.

Die Ärzte brachten aus ihm heraus, daß er in der Nacht zuvor betrunken war und schließlich in einer Opiumhöhle landete. Von der Zeit an konnte er sich an nichts mehr erinnern, bis er im Hospital erwachte. Er starb, ohne zu wissen, daß er ein junges Mädchen lebensgefährlich verletzt hat, bevor er sich selbst eine Kugel gab. Es besteht absolut kein Zweifel, daß er im Drogenwahn gehandelt hat.«

»Wie konnte er reden, wo er doch eine Kugel im Kopf hatte?« fragte Manfred.

»Da müssen Sie die Ärzte fragen. Ich war nicht zugegen, aber ein Sergeant nahm alles zu Protokoll, was Didsworth gesagt hat.«

»Und? Hat er in jener Nacht Mr. Ballams Drogenhöhle aufgesucht?«

»Das wissen wir nicht genau. In seinem Delirium hat er allerdings Ballams Namen erwähnt. Danach versuchten wir mit allen Mitteln, Licht in das Dunkel dieser Angelegenheit zu bringen. Ballam ist Tag und Nacht beobachtet worden. Alle Lokale, die er besucht hat, wurden von unseren fähigsten Beamten durchsucht. Er stand unter strengster Überwachung, Gonsalez.«

»Ohne Erfolg«, sagte Leon, und das war mehr eine Feststellung als eine Frage.

In diesem Augenblick hob sich der Vorhang wieder, und sie konnten ihre Unterhaltung nur noch flüsternd fortsetzen. Erst nach der Vorstellung, auf dem Weg hinaus und die Treppe hinunter, sahen sie Gregory Ballam und Miß Genee Maggiore wieder. Manfred kam sogar im Gedränge des Foyers so dicht an die schöne Schauspielerin heran, daß er von einem Hauch ihres französischen Parfüms beinahe betäubt wurde. Und sie blinzelte ihm lächelnd zu, während ihr Gregory Ballam in den Nerzmantel half.

Draußen, auf den Stufen der Treppe, holte Manfred zuerst einmal tief Luft.

»Eine Frau von atemberaubender Schönheit, nicht wahr«, sagte Dearborn. »Ich fürchte um sie, seit ich weiß, daß sie Ballams neue Freundin ist.«

»Ist sie das wirklich?« fragte Manfred etwas enttäuscht.

»Ja. Daran besteht kein Zweifel. Zum Trost möchte ich erwähnen, daß Mr. Ballam dafür bekannt ist, seine jeweilige Freundin reich zu beschenken. Es liegt also weniger an seinem Charme und seiner Liebenswürdigkeit als an seinem Geld, daß sich Miß Maggiore mit ihm zeigt.«

»Was auch nicht gerade für sie spricht«, sagte Leon trocken.

Die drei Männer gingen zusammen zum Parkplatz, wo Dearborns Wolseley stand. Auf der Heimfahrt erzählte der Inspektor weiter von Ballam. Manfred fragte so nebenbei, wo Miß Maggiore wohnte, und Dearborn sah keinen Grund, ihm die Adresse zu verheimlichen. »Lennox Gardens«, sagte er. »Ein prächtiges altes Haus an der Ecke Milner Street.«

Das genügte Manfred. Und obwohl weder er noch Leon auch nur mit einem Wort erwähnt hatten, daß sie sich um die Sache kümmern würden, war Inspektor Dearborn mit sich und der Welt zufrieden, als er schließlich allein im Auto saß und von der Curzon Street aus nach Hause fuhr.

In der gleichen Nacht, etwa um halb drei Uhr, ließ sich der junge Rodney Low per Taxi nach Hause fahren. Low wohnte mit seiner Freundin Julie in Chelsea, und zwar in der Caversham Street. Der Taxifahrer, der sich Fred nannte, fuhr die Sloane Street hinunter, und je näher sie der Themse kamen, desto dichter wurde der Nebel.

»Haben Sie gehört, daß der Londoner Nebel eigentlich gar kein richtiger Nebel ist, sondern ein Gemisch von Rauch und Abgasen?« fragte Fred seinen späten Fahrgast, der im Fond saß und eine Zigarette rauchte. »Wissenschaftler haben herausgefunden, daß wir nur noch selten Nebel haben würden, wenn wir die Abgase irgendwie filtern könnten.«

»Wissenschaftler sind Idioten«, entgegnete Rodney Low und lauschte amüsiert seinen eigenen Worten nach, die sich im All zu einem Kometen formten und zu neuen Welten. Es ging ihm glänzend. Er hatte kaum etwas getrunken, und doch hatte er das Gefühl, daß er gar nicht mehr ein Teil dieser Welt war. Es war ein eigenartiges Gefühl. Er wußte zwar, daß er im Taxi saß, hörte sogar jedes einzelne Ventil des Motors, das Rauschen des Benzins in der Leitung zum Vergaser, aber er fand keine Verbindung zu seiner Umwelt. Und die Augen des Fahrers, der neugierig in den Rückspiegel blickte, waren wie Augen einer lauernden Katze, in denen er sein eigenes Gesicht erkennen konnte.

»Sir, es passiert Ihnen doch nichts?« fragte der Taxifahrer. »Ich meine, es passiert doch nichts hier drin im Taxi, nicht wahr?«

Hatte er Angst? Seine Stimme verriet ihn. Rodney Low kicherte in sich hinein. Warum hatte dieser Mensch Angst vor ihm?

»Wo sind wir?« hörte sich Rodney fragen.

»Sloane Square«, sagte der Chauffeur. »Bald sind wir zu Hause, Sir.«

Die Stimme des Mannes war verzerrt. Sie drang in Wellen an Rodneys Ohr, mischte sich mit dem Rauschen in seinem Kopf, dem Blubbern seines Blutes, dem heißen Keuchen, das ihm aus dem Rachen der Katze entgegenschlug, deren Augen er im Rückspiegel gesehen hatte. Ein Gitter trennte Rodney von dem Taxifahrer. Rodney beugte sich vor, fuhr mit den Fingern sanft über die Stäbe, bis seine Nägel plötzlich einhakten. Der Mann blickte über die Schulter zurück.

»Kann ich etwas für Sie tun, Sir?« fragte er.

Rodney hörte nur das Fauchen. Und er lachte, denn das Fauchen kam aus seiner eigenen Kehle. Die Augen des Taxifahrers weiteten sich jäh. Aus dem Nebel tauchten Lichter auf, jagten kreuz und quer über die Windschutzscheibe. Räder quietschten. Eine Hupe wurde laut und verstummte wieder.

»Heiliger Strohsack!« rief der Taxifahrer.

Rodney rüttelte wie ein Wahnsinniger am Gitter. Aus dem Nebel tauchten dunkle, schattenhafte Gestalten auf, die nach dem Taxi zu greifen schienen, während sie lautlos vorbeihuschten. Rodney versuchte, das Gitter herauszureißen.

»Hören Sie auf damit«, rief der Taxifahrer. »Das Gitter ist mit sechs Schrauben festgemacht!« Wie verrückt drehte er am Steuerrad. Die Mütze fiel ihm vom Kopf. Die Lichtkegel des Taxis streiften die Mauern. Die Reifen kreischten, und dann sagte der Taxifahrer nur noch: »Lieber Gott!« Die Scheibe barst jäh vor seinem Gesicht.

Der Splitterregen bedeckte ihn. Die ganze Kabine des Autos schien sich zu verformen. Das Dach wurde zusammengeschoben. Die Fenster sprangen aus den Rahmen. Die Sitze hoben sich, als würden sie von einer unsichtbaren Kraft unter dem Auto hochgestoßen. Knirschend verschmolz Blech ineinander. Die linke Tür neben Rodney sprang auf, wurde jäh weggerissen und schlitterte funkensprühend über den Asphalt. Rodney merkte, wie sein Kopf gegen etwas Hartes schlug. Plötzlich hatte er Blut im Mund. Er stemmte sich gegen das Polster, und als das Taxi seitwärts gegen eine Backsteinmauer knallte, flog Rodney heraus, stürzte hart, überrollte sich am Boden und blieb schließlich regungslos im Rinnstein liegen. Er hatte sich das Kinn aufgeschlagen, aber davon merkte er nichts. Aus weit aufgerissenen Augen starrte er zum Taxi hinüber, von dem nichts als ein unförmiger dunkler Klumpen übriggeblieben war. Es roch nach verbranntem Gummi und nach heißem Öl. Irgendwo brodelte etwas. Dampf hüllte das Wrack ein.

Rodney wußte nicht, wie lange er im Rinnstein gelegen hatte, als eine Trillerpfeife ertönte. Er sah die beiden Gestalten über die Straße laufen. Sie liefen an ihm vorbei und blieben mitten auf der Straße stehen.

»Ist dort jemand?« rief eine Stimme nervös.

Rodney kicherte, während er anfing, den Rinnstein entlangzukriechen. Bei einer Häuserlücke richtete er sich auf und blickte zurück. Undeutlich konnte er im Nebel die beiden Gestalten sehen, die sich am Wrack zu schaffen machten. Das mußten Konstabler von der Stadtpolizei sein. Es schien, als versuchten sie, etwas aus dem Inneren des Wracks zu ziehen. Den Taxifahrer wahrscheinlich. Oder die Katze? Rodney duckte sich etwas. Eine tote Katze, dachte er. Das Fell voll mit Blut. Rodney fröstelte. Plötzlich war ihm kalt. Eiskalt. Er drehte sich um und lief geduckt in die Lücke zwischen zwei alten Backsteinhäusern, in denen niemand zu wohnen schien.

Eine finstere Gasse nahm Rodney Low auf. Nasses Kopfsteinpflaster glänzte im schwachen Licht einer entfernten Laterne. In einer Türnische stand ein Mülleimer, in dem jemand herumgewühlt hatte. Überall lag Unrat herum. Rodney stieß mit dem Fuß gegen einen alten, verbeulten Napf, der scheppernd durch die Gasse rollte. Rodney blieb stehen. Sein Herz polterte, und das Blut rauschte durch seinen Kopf. Er wußte nicht mehr, wo er war. Er wußte nicht, wohin er wollte und woher er gekommen war. Er hockte sich auf den Absatz der Türnische hin und lehnte sich gegen den Mülleimer. Seine Zähne schlugen gegeneinander, und er schlang die Arme um sich. Er fror jetzt erbärmlich, aber es gab nichts, was er dagegen hätte tun können.

Irgendwann kehrte Rodney Low in seine Wohnung zurück. Er sah furchtbar aus. Sein Anzug war zerrissen. Er hatte eine Schramme am Kinn und Nasenbluten. Außerdem sah er aus, als hätte er seit Tagen nichts mehr gegessen und nicht geschlafen.

Seine Freundin Julie hatte die ganze Zeit auf ihn gewartet. Sie war Arzthelferin, und wenn Rodney Pillen brauchte, kriegte er sie von ihr. Pillen gegen Schmerzen. Rodney hatte oft Schmerzen.

Seit einigen Wochen ging es ihm schlecht. Er arbeitete nicht mehr, obwohl er ein Ölgemälde auf der Staffelei hatte, das er zu einem gewissen Termin fertig haben sollte. Er trieb sich herum, und sie wußte nicht, wo. Und wenn er nach Hause kam, stand es meistens übel um ihn. Doch noch nie so übel wie an diesem Morgen.

Er ging ohne ein Wort zu sagen in die Toilette und stellte sich in den Kleidern unter die Dusche. Dann rutschte er auf den nassen Kacheln aus und fiel so unglücklich, daß er mit dem Kopf zwischen der Badewanne und der Toilette eingeklemmt war, als Julie hereinstürzte. Er blutete, und zuerst dachte sie, er hätte sich das Genick gebrochen, so verdreht lag er da. Sie schrie um Hilfe, aber niemand kam. Die Frau im unteren Stock war schwerhörig. In der oberen Wohnung wohnte ein Buchhalter, der sehr früh wegging, weil er es sich zu einem Sport machte, die fünfzehn Kilometer in die Stadt zu marschieren.

Julie setzte sich auf die Schüssel und barg verzweifelt ihr Gesicht in den Händen. Was sollte sie tun? Sie konnte niemand rufen. Kein Krankenhaus. Niemanden. Die Polizei schon gar nicht.

Schließlich gelang es ihr, Rodneys Kopf zu befreien. Sie schleifte ihn aus der Toilette und durch den schmalen Flur ins Schlafzimmer. Dort ließ sie ihn erst eine Weile auf dem alten Teppich liegen, weil sie keine Kraft mehr hatte. Später schaffte sie es, ihn aufs Bett zu hieven. Er lallte eine Weile. Sonst gab er nichts von sich, und sie fragte ihn nicht, wo er gewesen war, weil er es wahrscheinlich selbst nicht mehr wußte.

Erst die Ausgabe des *Daily Megaphon* am nächsten Tag brachte Erinnerungen. Zuerst las Julie die Zeitung, weil Rodney noch im Bett lag. Er hatte Bauchschmerzen.

Auf Seite 3 wurde von einem merkwürdigen Autounfall berichtet, der nachts zuvor auf der Sloane Street passiert war, und zwar genau dort, wo die Holbein Mews einmündete. Zwei Konstabler, die am Sloane Square Dienst taten, hörten zwischen drei und vier Uhr am Morgen ein entferntes Krachen. Obwohl es eigentlich nicht ihren Dienstvorschriften entsprach, verließen sie den Square und eilten eine schmale Gasse hinunter bis zu einer Stelle, wo diese in einem rechten Winkel abbog und auf die Sloane Street traf. Dort entdeckten die Konstabler Schleuderspuren. An einer Mauer waren im Verputz helle Linien zu erkennen, die frisch sein mußten, und auf der Straße lag ein Stück Reifengummi. Die beiden Konstabler rannten in die Holbein Mews hinein, eine schmale, dunkle Gasse, und stießen dort auf ein völlig zertrümmertes Taxi, das »jeden Moment in die Luft gehen konnte«. Der Fahrer, ein gewisser Fred Jones, der eine Frau und zwei Kinder hatte und der dem Brieftaubenzüchterverein von Hoxton angehörte, saß noch hinter dem Steuer, leider aber tot. Die Konstabler zogen ihn aus dem Wrack, und während einer von ihnen zur Sloane Street zurücklief, um die Ambulanz zu alarmieren, suchte der andere nach einem Fahrgast. Blutspuren führten zu einem Rinnstein hinüber, aber der Fahrgast, der bei dem Unfall zweifellos verletzt worden war, hatte sich offenbar in Luft aufgelöst. Die Suche wurde bis zum Morgengrauen durch Beamte der Stadtpolizei und Scotland Yard fortgesetzt, allerdings ohne Erfolg.

»Wer war der mysteriöse Fahrgast?« fragte die Zeitung. »Vielleicht der Sensenmann persönlich, ein knöcherner Gentleman im Prinz-Albert-Rock? Was geschah auf der Fahrt die Sloane Street hinunter? Für Inspektor Philander Dearborn, einem Detektiv von Scotland Yard, sind dies äußerst unangenehme Fragen, denn er hat dazu leider nicht eine einzige Antwort. ›Um einen Kriminalfall handelt es sich aller Wahrscheinlichkeit nach nicht‹, erklärte Dearborn unserem Reporter bestimmt. Aber warum, so fragen wir, hat sich dann Scotland Yard um diesen Fall bemüht? Seit wann beschäftigt sich ein Detektiv vom Range Dearborns mit einem gewöhnlichen Unglücksfall? Inspektor Dearborn, der uns allen durch seine anschaulichen Berichte bekannt ist, die wir im *Daily Megaphon* ab und zu veröffentlichen, wollte gestern an der Unglücksstelle – oder vielleicht doch am Tatort – nicht mit der Sprache heraus, und das ist zumindest merkwürdig, handelt es sich doch bei Dearborn sonst um einen außergewöhnlich redseligen Mann. Wir dürfen gespannt sein, was aus diesem ›Fall‹ noch wird und ob es Scotland Yard gelingt, den verschwundenen Fahrgast aufzuspüren.«

Julie ging mit der Zeitung ins Schlafzimmer. Rodney lag noch im Bett, aber er hatte die Augen geöffnet und starrte unverwandt zur Decke hoch. Sein Gesicht sah frisch aus, mit einer gesunden Farbe. Nur wer ihn besser kannte, sah ihm an, daß er krank war. Und Julie kannte ihn gut.

»Die Zeitung berichtet von einem seltsamen Unglücksfall«, sagte sie und setzte sich auf die Bettkante.

Rodney hob den Kopf. Seine Augen waren verhältnismäßig klar. Eine Weile sah er sie an. Dann grinste Rodney und wollte nach ihrer Hand greifen, aber sie wich ihm aus.

»Was ist los?« fragte er. »Was ist mit dir, Julie?«

»Du liegst seit fast zwei Tagen im Bett, krepierst mir beinahe unter den Fingern, und wenn du wieder klar im Kopf bist, fragst du, was los ist mit mir.« Julie sagte es bitter. Sie konnte solche Sachen nicht mehr anders sagen. Die Zeiten waren vorbei, in denen sie sich Mühe gegeben hatte, ihm etwas vorzumachen. Sie wollte nicht mehr lügen. Sie wollte auch nicht mehr betteln. Sie wollte, daß er freiwillig einen Arzt aufsuchte, der ihm helfen konnte, denn sie liebte ihn. Sie wollte ihn trotz allem nicht verlieren.

Er schluckte. Seine Augen lachten. Seltsam, dachte sie, wie seine Augen lachen können, wenn es in seinem Innern gut aussieht.

»Was habe ich angestellt?« fragte er.

»Du hast dir das Kinn aufgeschlagen«, sagte sie, und er betastete mit spitzen Fingern sein Gesicht.

»Wo?«

»Steht alles hier drin.«

»In der Zeitung?«

»Ja. Und dein Anzug ist voll Blut und zerrissen. Es war ein neuer Anzug, erinnerst du dich?«

Er verzog das Gesicht. »Was steht in der Zeitung?«

»Daß ein Taxi gegen eine Mauer gefahren ist. Der Taxifahrer ist tot. Zweiunddreißig Jahre alt. Zwei Kinder. Er fuhr aus unersichtlichem Grund gegen eine Mauer.«

»War ich im Taxi?«

»Ja. Du mußt im Taxi gewesen sein.« Sie schüttelte den Kopf. »Was ist passiert, Rod? Was hast du dem armen Mann angetan?«

»Ich?« Rodneys Augen weiteten sich ungläubig. »Du glaubst doch nicht, daß ich schuld an diesem Unfall bin, Julie? Das ist doch nicht möglich. Selbst wenn ich tatsächlich in diesem Taxi war, wie hätte ich dem Fahrer etwas tun können? Du weißt ja, es sind Gitter zwischen dem Fahrer und dem Fond.«

»Es gab keinen Grund, gegen eine Mauer zu fahren, nicht wahr?«

»Vielleicht war er müde. Vielleicht ist er hinterm Steuer eingeschlafen. Was weiß ich denn? Manchmal fahren sie den ganzen Tag hindurch und dann auch noch die halbe Nacht, nur um ein paar Schilling mehr zu verdienen. Wer weiß, was los war mit dem Mann. Ich kann dir nichts sagen.«

»Du erinnerst dich an nichts?«

»Ich erinnere mich an Katzenaugen«, lachte er. »Gefährlich lauernde Katzenaugen.«

Julie blickte ihn an. Sie sagte kein Wort mehr. Er runzelte die Stirn.

»Was ist mit dir?« wiederholte er seine Frage von vorhin. Diesmal klang Trotz in seiner Stimme. Sie wußte, was jetzt kommen würde. Deshalb stand sie auf.

»Willst du Frühstück?« fragte sie.

Er schüttelte den Kopf. »Ich hatte Frühstück«, sagte er hämisch. Sie wußte, was er meinte. Er hatte eine Pille genommen. Oder vielleicht sogar zwei. Schmerzmittel. Opium war drin. Und die Pillen kriegte er von ihr. Sie stahl sie für ihn in der Praxis. Unverkäufliche Ärztemuster. Einmal hatte sie ihm keine gebracht. Es war furchtbar gewesen. Er war mit dem Kopf so lange gegen die Wand gerannt, bis er blutüberströmt zusammengebrochen und ohnmächtig geworden war.

»Ich mache dir Frühstück«, sagte sie fest.

Er äffte sie nach. »Ich mache dir Frühstück. Ich mache dir Frühstück. Du brauchst mir gar nichts zu machen, hörst du. Warum gehst du nicht einfach? Warum hängst du hier herum und tust, als wärst du der barmherzige Samariter? Ich brauche kein Frühstück, verdammt noch mal. Hörst du, ich brauche kein Frühstück!«

Er entriß ihr die Zeitung, und sie drehte sich um und ging hinaus. Später rief er nach ihr und sagte, daß er sie zu einem Kaffee einladen würde. »Du gehst doch nicht arbeiten?« fragte er.

»Ich habe angerufen und gesagt, daß ich ein paar Tage Urlaub nehme. Du weißt ja, ich habe mehrere Tage gut.«

»Dann frühstücken wir zusammen in einem Straßencafé am Cheyne Walk. Was hältst du davon? Ich fühle mich blendend.« Er sprang aus dem Bett und stand nackt vor ihr. Sein Körper war blaß und hager. Er lachte und zog die Vorhänge auf. Blasses Sonnenlicht fiel in den Raum. Julie wünschte, es wäre wieder alles so wie am Anfang . . .

3. Kapitel
Scotland Yard im Einsatz

Leon Gonsalez hatte seine besonderen Eigentümlichkeiten. Morgens um neun Uhr beim Frühstück war er am lebhaftesten und leistungsfähigsten. Irgendwie schöpfte er im Schlaf Energien, die er nicht lange in sich speichern konnte. So kam es meistens schon am Frühstückstisch des Silbernen Dreiecks zu äußerst interessanten, oft sogar erhitzten Diskussionen.

An diesem Morgen hatte Poiccart den *Daily Megaphon* zuerst gelesen, obwohl er ja auch für frische Brötchen gesorgt hatte und für den gedeckten Frühstückstisch mit blutroten Astern in der Mitte.

»Das interessanteste in dieser Ausgabe des *Daily Megaphon* ist die unverblümte Behauptung eines gewissen Dearborn, daß sich Verbrechen nicht bezahlt machen.« Poiccart bestrich ein Brötchen sorgfältig mit Quittenmarmelade. »Dabei wissen wir doch alle, daß Mr. Ching Peng Teng sich in einem Rolls-Royce herumkutschieren läßt, einen teueren Sportwagen fährt, vier Rennpferde besitzt, nur wenig Steuern bezahlt – und seinen gesamten Reichtum seinen Verbrechen verdankt.«

»Willst du damit vielleicht andeuten, daß du Teng für den Kopf des Gelben Drachens hältst?« fragte Manfred neugierig.

»Ich weiß nicht, ob er der Kopf ist, lieber George, aber ich bin davon überzeugt, daß er zu den Großen der Londoner Unterwelt gehört. Er ist ein Verbrecher, der es zu Reichtum und Ansehen gebracht hat. Selbst Mitglieder des Kabinetts gehen bei ihm ein und aus. Wenn er zu einer Wohltätigkeitsversammlung aufruft, trifft sich alles, was in London Rang und Namen hat. Seine Kinder gehen in die besten Schulen, seine Frau ist sozial tätig, und die einzige Sorge, die er hat, ist die, daß wir ihm eines Tages auf die Schliche kommen.«

»Eine Sorge, die ihm kaum schlaflose Nächte bereiten wird«, lächelte Leon Gonsalez und köpfte mit einem gekonnten Streich ein Ei. »Was ist eigentlich Verbrechen? Fragen wir einen Mann wie Mr. Teng, so erhalten wir eine andere Antwort als von John Smith, der in einer dunklen Hintergasse einen Passanten niederschlägt, nur um an dessen Geldbörse zu gelangen.« Leon hob den Kopf. »Was ist Verbrechen?« wiederholte er die Frage.

»Mein lieber Professor«, sagte Manfred feierlich, »das will ich dir sagen. Es ist die Abweichung von Gesetzen, welche die menschliche Gesellschaft regeln.«

»Das, mein lieber George, ist eine abgegriffene Erklärung.« Leon blickte seinen Partner bekümmert an. »Es ist fast neun Uhr am Morgen, Zeit, daß du wach wirst.«

»Frag mich das nächstemal so gegen Mitternacht«, gab Manfred trocken zurück. »Dann komme ich nämlich meistens in Schwung.«

»Gut, dann hättest du mir wahrscheinlich um Mitternacht geantwortet, daß jede Handlung ein Verbrechen ist, die absichtlich deinen Nächsten verletzt oder schädigt. Und wenn ich die Sache noch genauer bestimmen und, wie man sich hierzulande ausdrückt, juristisch definieren wollte, würde ich hinzusetzen, ›die gegen das Gesetz verstößt‹.«

Da weder Poiccart noch Manfred wußten, worauf Leon Gonsalez hinauswollte, schwiegen sie und beschäftigten sich mit ihrem Frühstück.

Leon löffelte das Ei aus der Schale und fuhr unbeirrt in seinen Ausführungen fort. »Auf ein aufgeklärtes Verbrechen kommen wohl zehntausend unentdeckte. Allgemein nennt man meistens nur diejenigen Gesetzesübertretungen Verbrechen, die von Leuten aus den einfachen Bevölkerungsschichten verübt werden. So nennen Zeitungen zum Beispiel einen armen Schlucker, der im Kaufhaus eine Kleinigkeit mitgehen läßt, Verbrecher, während irgendein despotischer Herrscher einer Afrikaregierung, der politische Gegner zu Tausenden umbringen läßt, immer noch als Mr. Präsident oder als Herr General aufgeführt wird. Wo, so frage ich mich, ist da Gerechtigkeit. Wo ist das Maß, mit dem wir das Gute und das Böse messen?«

Poiccart blickte auf. »Die Gerechtigkeit, die du dir vielleicht wünschst, existiert nicht, Leon.«

»Und warum nicht?«

»Weil sie nicht funktionieren würde. Der afrikanische Herrscher, der Tausende von Unschuldigen umbringen läßt, ist auch der Mann, der die Gesetze macht. Also verstößt er nicht gegen sie. Jener Ladendieb aber, der macht sich unzweifelhaft eines Verbrechens schuldig, für das er bestraft werden muß, sofern man ihn erwischt.«

»Im Fall Didsworth wird man den wahren Schuldigen niemals erwischen und demzufolge auch nicht bestrafen«, sagte Leon.

Manfred hob sofort den Kopf und blickte Leon argwöhnisch an. Poiccart aß weiter. Er hatte von seinen Partnern erfahren, aus welchem Grund Inspektor Dearborn sie zum Abendessen und zu jener ominösen Theateraufführung eingeladen hatte. Trotzdem berührte ihn die Angelegenheit eigentlich nicht, denn er hielt es für absolut geistesgestört, sich freiwillig irgendwelchen

Rauschmitteln auszuliefern, außer einem Gläschen Scotch oder einem guten französischen Wein. Somit machte er Mr. John Didsworth für sein Schicksal selbst verantwortlich.

Manfred hingegen interessierte sich sehr für den Fall, allerdings nicht mehr ohne Hintergedanken, seit er Miß Genee Maggiore durchs Opernglas in den äußerst gewagten Ausschnitt ihres Dekoletés geguckt hatte.

»Du meinst Gregory Ballam, nicht wahr?«

»Den meine ich.«

»Und wie kommst du ausgerechnet an diesem Morgen auf ihn? Es ist doch schon einige Zeit vergangen, seit Didsworth zu seiner letzten Aufführung das Albert Memorial betrat.«

»Darauf kommen wir vielleicht später noch zu sprechen«, entgegnete Leon, wie immer vorsichtig mit seinen Ausführungen. »Tatsache ist, daß wir in Gregory Ballam ein Subjekt in unserer Gesellschaft haben, das ungestraft Verbrechen begehen kann, weil unsere Gesetze nicht ausreichen, ihn dafür zu bestrafen. Dieser Mann zerstört ohne geringste Skrupel die Lebenskraft junger Menschen und vernichtet sie.« Leons Stimme hob sich etwas. »Wir haben es hier mit einem Verbrecher zu tun, der Männer und Frauen in den Schmutz zieht, sie in ihren eigenen Augen herabsetzt und allen Ehrgeiz, alles Aufwärtsstreben in ihnen tötet, ihre Gesundheit zerstört und ihre Karriere ruiniert, nur damit er in einem gewissen Luxus leben, eine schneeweiße Weste tragen, teuere Weine trinken und die feinsten Leckerbissen genießen kann.« Leon brach ab und legte den Löffel weg. »Mr. Ballam ist einer der übelsten Verbrecher, die ich kenne, und ich werde nicht eher ruhen, als bis ich ihn persönlich bestraft habe.«

Poiccart blickte jetzt wieder auf. Das klang ja alles so wie früher, als sie als die »Drei Gerechten« noch den etwas zweifelhaften Ruf hatten, der Justiz eigenhändig nachzuhelfen, wo es notwendig war. Leon war zornig, und das sah man ihm an. Er hatte zwei steile Falten über der Nasenwurzel, und in seinen Augen funkelte ein hartes Licht.

»Hast du Ballam etwa persönlich den Kampf angesagt?« fragte Poiccart.

»Nur weiß er nichts davon«, entgegnete Leon. Und jetzt lächelte er, aber es war ein Lächeln, das nur schwach seinen Mund umspielte und die Augen nicht erreichte.

»Soviel ich weiß, ist er doch fast ein Nachbar von uns«, sagte Manfred. »Er wohnt Nr. 93 Jermyn Street.«

»Wohin er oft von Miß Maggiore begleitet wird, nicht wahr?«

Manfred seufzte, sagte aber nichts. Zwei Nächte hatte er Genee Maggiore im Auge behalten. Das heißt, eigentlich war er ihr immer nur bis zur Haustür jenes pompösen Stadthauses in der Jermyn Street gefolgt, in dem Mr. Gregory Ballam residierte.

»Was hast du vor, Leon?« fragte Poiccart. »Ich darf doch vielleicht daran erinnern, daß Scotland Yard keine Handhabe gegen Ballam hat. Im Gegenteil, Snake-Eye ließ durchblicken, daß Ballam Verbindungen zur Regierung hat, die nicht von schlechten Eltern sind.«

»Ich habe einen Plan«, gab Leon unumwunden zu. »Dieser bedarf allerdings einiger Vorbereitungen. Solange diese nicht abgeschlossen sind, hat es keinen Sinn, euch einzuweihen.«

»Schön«, knurrte Manfred gekränkt. »Dann sagst du uns jetzt vielleicht, wie du ausgerechnet heute morgen dazu kommst, mit der Gerechtigkeit zu hadern.«

»Wegen des Unfalls.«

»Unfall?« fragte Manfred und Poiccart wie aus einem Mund. »Der Taxi-Unfall etwa?« fügte dann Raymond Poiccart hinzu.

»Der verschwundene Fahrgast. Es stand alles in der Zeitung.«

»Was ist mit dem Unfall?«

»Nun, irgendwie werde ich den Verdacht nicht los, daß der späte Fahrgast an dem Unfall schuld war.«

»Du meinst, Ballam war der Fahrgast, der sich nach dem Unfall in Luft aufgelöst hat?«

Leon schüttelte den Kopf. »Gestern abend, als du außer Haus warst, hat Dearborn angerufen«, sagte er nachdenklich. »Ihr erinnert euch sicher, daß die beiden Konstabler Blutspuren entdeckt haben, die zu einem Rinnstein führten.«

»Na und? Kann gut sein, daß der Fahrgast verletzt war.«

»Dearborn hat sofort geschaltet. Er veranlaßte eine Blutuntersuchung.«

»Du meinst, sie haben das Blut vom Asphalt gekratzt und im Labor von Scotland Yard untersucht?«

»Richtig. Der Mann hat B-positiv.«

»Höchst interessant.«

»Außerdem hat man Heroin festgestellt. Und zwar nicht zu knapp.«

Poiccart pfiff völlig respektlos durch die Zähne, etwas, was er nur sehr selten tat, da er immer darauf bedacht war, erstklassige Manieren an den Tag zu legen.

»Der Mann kam von Ballams Rauschgifthöhle?« sagte Manfred ungläubig.

Leon nickte. »Mit größter Wahrscheinlichkeit. Und ich könnte mir gut vorstellen, daß der Mann in seinem

Delirium den Fahrer für einen Moment abgelenkt und aus der Fassung gebracht hat. Darüber verlor dieser die Herrschaft über das Fahrzeug und fuhr frontal gegen eine Mauer, was ihn das Leben und den Fahrgast zumindest einige Kopfschmerzen kostete.«

»Dann hat Ballam eigentlich in knapp vierzehn Tagen zwei Menschenleben auf dem Gewissen«, sagte Poiccart düster.

Leon nickte ernst. »Zwei, von denen wir wissen. Wie viele es tatsächlich sind, die er zugrunde gerichtet hat und noch zugrunde richten wird, weiß niemand. Scotland Yard nennt das eine Dunkelziffer. Für mich ist das eine gottserbärmliche Schweinerei, der ich ein Ende bereiten werde.«

Leon erhob sich. Er hatte den Kaffee nicht einmal angerührt, so sehr hatte er sich aufgeregt.

Knapp eine halbe Stunde später verließ er das kleine Haus an der Curzon Street, fest entschlossen, Gregory Ballam das verbrecherische Handwerk zu legen. Hätte dies Inspektor Dearborn gewußt, wäre er an diesem Morgen kaum auf den verwegenen Gedanken gekommen, Ballam einen Besuch abzustatten und ihm einen Hausdurchsuchungsbefehl unter die Nase zu halten.

Nur der Diener, ein unscheinbares Männchen in einer dunklen Uniform, war auf den Beinen, als Detektiv-Inspektor Philander Dearborn die Hausklingel betätigte. Dearborn hatte den Dienstwagen demonstrativ vor dem Haus geparkt. Er war in Begleitung von drei uniformierten Beamten, denen er nahelegte, grimmig dreinzublikken, damit ja keine Zweifel über die Bedeutung dieser Hausdurchsuchung aufkamen.

Zur Rückendeckung hatte er Peter Roos mitgenommen, der an diesem Morgen etwas blaß und übernächtigt aussah.

Der Diener kippte fast aus den Lackschuhen, als sich Dearborn vorstellte und den Hausherrn zu sprechen wünschte.

»Um was geht es denn, wenn ich fragen darf?« fragte der Diener und zupfte an den Manschetten seines Hemdes herum, die ein Stück aus dem Rockärmel ragten.

Dearborn beugte sich etwas vor und winkte den Diener näher heran. »Es geht um ein Verbrechen, mein Freund«, flüsterte er ihm ins Ohr, »und ich hoffe in deinem Interesse, daß wir dir nicht Mitwisserschaft oder gar Beteiligung nachweisen können.«

Der Diener wurde leicht grün um die Nase, wußte anscheinend nicht, wovon Dearborn redete, und bat die Herren vor der Tür um einige Minuten Geduld. »Mr. Ballam schläft noch«, sagte er und wollte die Tür vor Dearborns geröteter Nase zudrücken. Dieser aber war darauf gefaßt, drückte den Schuh zwischen Tür und Rahmen und schüttelte vorwurfsvoll den Kopf.

»Mein lieber Freund, wir sind keine Hausierer«, sagte er. »Dies ist ein echter Hausdurchsuchungsbefehl, und bevor ich mir von dir die Zehen zerquetschen lasse, nehme ich dich wegen offenem Widerstand und versuchter Beamtenverletzung fest.«

Damit hatte es sich. Der Diener gab den Weg mit einem Seufzer frei, und die Beamten stürmten das Haus. Mr. Gregory Ballam wurde von Dearborn persönlich im Schlafzimmer überrascht und ziemlich unsanft aus dem Schlaf gerüttelt. Miß Genee Maggiore fand Peter Roos im Gästezimmer, wo sie dabei war, sich für das grelle Licht des Tages herzurichten, indem sie ihr Gesicht puderte, die Wimpern bog und mit Tusche verstärkte, die ausrasierten Brauen nachzog und die Lippen blutrot schminkte. Peter Roos fragte sich, warum sich Frauen von natürlicher Schönheit all diese Mühe machten, nur um dann auszusehen wie andere Frauen, die unter ihrer Schminke nicht gerade hübsch waren.

»Scotland Yard«, hauchte sie mit gespieltem Erstaunen. »Huch, das ist aber aufregend. Werde ich vielleicht festgenommen?«

»Kaum«, sagte Roos etwas verlegen, »obwohl ich mir das wünschen könnte, nicht wahr.«

»Sie sind ein Schmeichler«, sagte sie und schlug die Beine übereinander. »Verheiratet?«

Peter Roos schluckte. »Noch nicht«, sagte er und bat Miß Maggiore, sich vollends anzuziehen und dann bitteschön in den Salon zu kommen.

Die Amtshandlung Dearborns war weit weniger erfreulich. Gregory Ballam zeigte sich von seiner schlimmsten Art, sprang aus dem Bett, packte einen goldenen Kerzenständer mit Kerze und drang damit wie ein Berserker auf den verdutzten Inspektor ein. Dearborn sah sich gezwungen, nach seinem alten Dienstrevolver zu greifen, stellte aber mit Schrecken fest, daß er ihn nicht einmal mitgenommen hatte.

»Nun werden Sie bitte vernünftig, Mr. Ballam«, schlug er vor, während er zur Tür zurückwich. »Sie wollen sich doch nicht unbedingt noch mehr Unannehmlichkeiten bereiten.«

»Unannehmlichkeiten!« Gregory Ballam schäumte fast vor Wut. »Wie wäre es denn, wenn ich Ihnen erst einmal den Schädel einschlage!«

Dearborn schluckte. »Man würde Sie vor Gericht stellen und für den Mord an einem Scotland-Yard-Beamten zum Tode verurteilen, Mr. Ballam. Ich bitte Sie eindringlichst, Ruhe zu bewahren und von jeglicher Gewalttätigkeit abzusehen, da sonst . . .«

Der Inspektor wurde jäh unterbrochen, da hinter ihm plötzlich die Tür aufgestoßen wurde. Sie flog ihm mit solcher Wucht ins Kreuz, daß er sich beinahe an seinen eigenen Worten verschluckte. Weich in den Knien taumelte er zur Seite, gerade noch rechtzeitig, um Peter Roos auszuweichen, der mit gezogener Dienstpistole ins Schlafzimmer stürzte.

»Was geht hier vor?« rief Peter Roos stirnrunzelnd. »Was wollen Sie mit der Kerze, Mr. Ballam?«

Ballams Gesicht war gerötet vor Wut. »Eigentlich hatte ich die Absicht, diesem . . . diesem dienstbeflissenen Pfeffersack mit der Kerze etwas heimzuleuchten, Roos. Was, zum Teufel, tun Sie denn hier?«

Dearborn, grünlichblaß im Gesicht, machte Augen wie Spiegeleier. »Die Herrschaften kennen sich?« fragte er ungläubig.

Peter Roos verzog sein Gesicht, als hätte er in eine Zitrone gebissen, und Gregory Ballam senkte langsam den Kerzenständer.

»Natürlich kennen wir uns«, sagte er triumphierend. »Wir sind schon alte Bekannte, nicht wahr, Roos? Haben Sie denn Ihrem Vorgesetzten Ihre heimliche Schwäche für Cynthia verschwiegen?« Ballam grinste schief. »Kaum zu glauben, wo Sie es doch derart wichtig mit ihr hatten.«

»Miß Cinthy?« Dearborn runzelte die Stirn. Er erkannte sofort, daß Peter Roos ziemlich aus dem Gleichgewicht gebracht worden war, und in diesem Moment zeigte es sich, daß Detektiv-Inspektor Dearborn nicht umsonst zu den beliebtesten Vorgesetzten Scotland Yards gehörte.

»Well, Mr. Ballam, daß Sie Kommissar Roos kennen, erleichtert uns die Angelegenheit ganz gewaltig.« Dearborn trat vor und stellte sich neben seinen Untergebenen. »Stellen Sie bitte den Kerzenständer auf die Kommode zurück und ziehen Sie sich umgehend an. Kommissar Roos wird Sie dabei überwachen, während ich mich im restlichen Haus umsehe.« Dearborn wandte sich an Peter Roos. »Tun Sie mir den Gefallen und erschießen Sie ihn, wenn er nicht spurt, Peter«, sagte er, und das war eines der wenigen Male, daß er Roos mit dem Vornamen ansprach.

Bevor Ballam etwas darauf erwidern konnte, verließ Inspektor Dearborn das Schlafzimmer und überließ es Peter Roos, mit dem vor Zorn bebenden Hausherrn fertig zu werden.

Es vergingen knapp zehn Minuten, bis Ballam vollständig angezogen aus seinem Schlafzimmer kam und nach seinen Bediensteten brüllte. In der Halle nahmen ihn zwei uniformierte Beamte in Empfang und führten ihn in die Bibliothek, die Dearborn in aller Eile zum Verhörraum umfunktioniert hatte. Eine Schreibtischlampe war so auf einen Sessel gerichtet, daß die nackte Glühbirne jeden blendete, der auf dem Stuhl Platz nahm. Dearborn hatte es beim Diener ausprobiert, aber der hatte anscheinend nicht die leiseste Ahnung vom Treiben seines Herrn.

»Ich kümmere mich nicht um das Geschäftsleben von Mr. Ballam, der mir das Gehalt immer pünktlich bezahlt hat, mit einem kleinen Weihnachtsgeld sogar und einer jährlichen Aufbesserung«, sagte der kleine zähe Wicht, schloß, durch das Licht geblendet, seine Augen und öffnete sie erst wieder, als Dearborn die Lampe ausknipste.

Der nächste war Gregory Ballam.

»Zu Ihrem Wohle möchte ich Sie um Zusammenarbeit bitten, Mr. Ballam«, sagte Dearborn, als Ballam hereinkam und sofort stehen blieb, als er die verdrehte Lampe sah und den Beamten hinter der Schreibmaschine, die ihm selbst gehörte.

»Was soll das, Dearborn? Ein Verhör etwa?«

»Gut geraten, Mr. Ballam. Ich bitte Sie, auf Ihrem Sessel Platz zu nehmen. Machen Sie es sich nur bequem. Dieses Verhör könnte länger dauern.«

Ballam wandte sich hilfesuchend an Peter Roos, aber der hob nur die Schultern etwas an, zog den Kopf ein wie ein nasser Vogel und deutete mit dem Lauf seiner Pistole auf den Polsterstuhl hinter dem mächtigen Schreibtisch.

»Ich darf Sie vielleicht daran erinnern, daß ich das Recht habe, meinen Anwalt zu benachrichtigen, Inspektor«, sagte Ballam, und man merkte ihm an, daß er Mühe hatte, die Beherrschung nicht zu verlieren. »Ich erachte Ihr Eindringen als einen schweren Eingriff in mein Privatleben, und ich versichere Ihnen, daß ich alle Hebel in Bewegung setzen werde, um Ihnen eine Lektion zu erteilen, die Sie so schnell nicht vergessen werden. Sie sollten wissen, daß ich nicht in Ihrer Macht bin, Dearborn.«

»Ich weiß, Mr. Ballam, und ich gestehe Ihnen gern, daß ich in diesem Fall äußerst widerstrebend meine Pflicht tue. Diese ist es nämlich, Sie zu verhören, obwohl ich annehme, daß Sie persönlich nichts auf dem Kerbholz haben.«

»Und da brechen Sie und Ihre Vasallen so einfach in mein Haus ein!« knurrte Ballam. »Ich will auf der Stelle wissen, wer Sie dazu aufgerufen hat?«

»Befehle von oben«, seufzte Dearborn und machte eine vage Handbewegung zur Decke, bei der Ballam unwillkürlich aufblickte. Natürlich war da oben nichts, und so winkte er verärgert ab. »Es wird mir ein Vergnügen sein, die Verantwortlichen für diese Schandtat zur Rechenschaft zu ziehen, Inspektor. Und dazu habe ich einen ausgezeichneten Anwalt.«

Dearborn lächelte. »Mr. Gilbert, ich weiß. Frederick A. Gilbert und Söhne. Sie sehen, Mr. Ballam, wir wissen Bescheid. Und nun bitte ich Sie noch einmal höflich, hinter diesem prachtvollen Schreibtisch Platz zu nehmen.«

Ballam ging um den Schreibtisch herum, setzte sich und lehnte sich zurück.

»Was wollen Sie?« fragte er, griff nach der Lampe, drehte sie und knipste das Licht an.

Dearborn versuchte seine Augen mit einer Hand zu schützen. »Lassen Sie den Unfug!« stieß er hervor. Ballam lachte, drehte die Lampe und leuchtete dem schmunzelnden Peter Roos ins Gesicht, der etwas hinter Dearborns Stuhl stand.

»Wer stellt die Fragen? Sie vielleicht, Roos?«

»Ich stelle die Fragen«, knurrte Dearborn.

Da machte Ballam die Lampe aus. »Dann schießen Sie los, Inspektor. Was wollen Sie wissen? Ob ich Verbindung zum Gelben Drachen habe? Nein, tut mir leid. Ich bin erstens nicht Chinese und zweitens kein Verbrecher. Oder wollen Sie mir etwa das Gegenteil beweisen?«

»Ich will gar nichts – außer, daß sie *meine* Fragen beantworten, Mr. Ballam«, sagte Dearborn scharf.

»Worum geht es?«

»Um einen Taxifahrer, der vor ein paar Nächten aus unersichtlichen Gründen mitten in der Nacht auf menschenleerer Straße ins Schleudern geriet und gegen eine Hausmauer fuhr.«

Ballam kniff die Augen etwas zusammen. »Was habe ich damit zu tun?«

»Das sollen *Sie* mir sagen, Mr. Ballam!«

Ballam seufzte. »Ich weiß nicht, worauf Sie hinauswollen, Dearborn. Ich weiß nicht, warum Sie hergekommen sind und was ich mit einem Taxifahrer zu tun haben soll, der die Beherrschung über sein Fahrzeug verliert und es zu Schrott fährt.«

»Er kam dabei ums Leben, Mr. Ballam.«

»Ich weiß. Ich habe davon in der Zeitung gelesen. Schreckliche Tragödie für seine Familie. Der Mann war möglicherweise übermüdet. Oder vielleicht betrunken.«

Dearborn beobachtete Ballam die ganze Zeit, während dieser in leicht spöttischem Tonfall redete. Entweder merkte Ballam tatsächlich nicht, worauf der Inspektor hinauswollte, oder er war ein ausgezeichneter Schauspieler. Dearborn hielt den Zeitpunkt für gekommen, Ballam zu überraschen.

»Es geht um den verschwundenen Fahrgast, Mr. Ballam«, sagte er deshalb so bedeutungsvoll wie möglich. »Es geht um einen Mann, der eine gehörige Portion Rauschgift im Blut hatte und vom Taxifahrer in der Montague Street aufgenommen wurde!«

Gregory Ballams Gesicht blieb ausdruckslos. Er war ein Spieler, der es gewohnt war, seine Gefühle zu verbergen. Nichts rührte sich in seinem Gesicht. »Wer ist der Mann?« fragte er ruhig.

Dearborn schwieg.

Da lachte Gregory Ballam auf. »Oh, Sie meinen, daß dieser merkwürdige Fahrgast, von dem niemand weiß, wer er ist, woher er kam und wohin er ging, etwas mit mir zu tun hat, weil er in der Montague Street ein Taxi bestieg? Well, Inspektor, ich dachte schon, Sie hätten eine Karte im Ärmel, mit der Sie mir tatsächlich Unannehmlichkeiten bereiten könnten. Wie sich herausstellt, war dies ein Irrtum. Sie haben gar nichts, und damit ist unsere Unterhaltung wohl beendet.«

Ballam griff nach dem Hörer und wählte eine Nummer. Er kam sofort durch, verlangte Mr. Gilbert. Frederick Gilbert. »Es geht um eine Amtshandlung von Scotland Yard, die ich als Hausfriedensbruch betrachte und als gravierenden Eingriff in mein Privatleben«, sagte Ballam kühl. »Können Sie sich darum kümmern?« Pause. Dann nickte er und zwinkerte dem Inspektor zu. »Dearborn«, sagte er in den Hörer hinein. »Philander Dearborn heißt er. Detektiv-Inspektor von der Mordabteilung. Es scheint ein persönliches Interesse vorzuliegen, gegen mich vorzugehen.«

Dearborn und Peter Roos wechselten einen Blick. Roos zuckte kaum merklich die Schultern. Es war ihm ganz und gar nicht mehr wohl in seiner Haut. Er wußte nämlich genau wie sein Vorgesetzter, daß Mr. Gregory Ballam Fäden in der Hand hatte, mit denen er ein paar bedeutende Persönlichkeiten tanzen lassen konnte. Und zwar nach seiner Geige.

Ballam war beinahe frohgelaunt, als er endlich auflegte. »Well, meine Herrschaften«, sagte er und rieb seine Hände. »Ich fürchte, Scotland Yard hat ein bißchen zu voreilig gehandelt.« Er drückte auf einen Klingelknopf, und der Diener erschien so geräuschlos, als könnte er auf Luft wandeln.

»Malcolm wird Sie hinausgeleiten«, sagte Gregory Ballam, und er machte nicht die geringsten Anstalten, sich von Dearborn oder von Peter Roos zu verabschieden. Die Hausdurchsuchung hatte ebenfalls nichts ergeben. Gregory Ballam hatte anscheinend nicht einen Krümel Rauschgift im Haus.

Als sie draußen waren, holte Dearborn erst einmal Luft. Er war noch viel zu benommen, um einen klaren Gedanken fassen zu können.

»Warum sind wir eigentlich hergekommen?« fragte Peter Roos kopfschüttelnd. »Ballam ist zu schlüpfrig, als daß wir ihn auf diese Art in die Finger kriegen könnten.«

Dearborn sagte nichts darauf. Er wußte selbst, daß er eine blamable Vorstellung gegeben hatte, aber tief im Innern verspürte er die Genugtuung, daß er Gregory Ballam wenigstens aus seiner Ruhe geschreckt hatte.

Und das war immerhin etwas. Wie gefährlich Ballam werden konnte, wenn er sich in die Enge getrieben fühlte, stellte sich alsbald heraus.

4. Kapitel
Der Schatten

Verbrecher haben mit zwei Gefahrenmomenten zu rechnen, wenn sie darauf aus sind, schnell und leicht zu Reichtum zu kommen. Zunächst besteht das Risiko der Entdeckung und Bestrafung, sowohl für wohlhabende als auch für arme Verbrecher. Im Gegensatz zum armen Verbrecher allerdings ist es dem wohlhabenden Schurken ein leichtes, sich mittels Korruption vor dem Gesetz zu schützen. Sein wirkliches Risiko besteht eigentlich nur in der zweiten Gefahr: das ergaunerte Geld auszugeben und danach gezwungen zu sein, einen neuen Coup zu landen, bei dem er wiederum auf frischer Tat ertappt werden könnte.

Gregory Ballam gehörte zu jener Sorte von Verbrechern, die ihr Kapital gewinnbringend anzulegen wußten. Außerdem bezahlte er nicht zu knapp Bestechungsgelder, leistete sich einen der besten Rechtsanwälte Londons und stellte sich nie so weit ins Rampenlicht, daß er über Gebühr Aufmerksamkeit hätte erregen können. Sein Name erschien nie in den Zeitungen. Politisch betätigte er sich auch nicht, und irgendwie gelang es ihm sogar, seinen Namen aus den Klatschspalten herauszuhalten, obwohl er ja ein dankbares Opfer gewesen wäre.

Das Kapital, das Ballam früher durch Betrügereien ergaunert hatte, war längst sicher angelegt. Einen Großteil seines Vermögens hatte er in eigene Geschäfte gesteckt. Er besaß auch Grundstücke und Häuser, davon drei in der Montague Street, Portland Place. Diese drei Häuser hatte er bei einer Auktion ersteigert. Sie standen nebeneinander und bildeten einen Block für sich.

Das erste der drei Häuser war als Bürogebäude vermietet; ein Rechtsanwalt hatte das Erdgeschoß belegt, im ersten Stock befanden sich die Räume eines Wein- und Spirituosenhändlers. Der zweite Stock enthielt eine Reihe einfacher Zimmer, in denen Mr. Gregory Ballam seine Geschäfte abwickelte. Außerdem benutzte er auch das Kellergeschoß, das er vollständig hatte renovieren lassen. Hier befand sich ein, wenn auch nicht gerade komfortables, so doch nettes und sauberes Lager. Die Hauptsache an diesem Kellergewölbe aber war der Durchgang zu einer Garage, die für einen Teilhaber von Mr. Ballam erbaut worden war.

Nur die Bauarbeiter, die bei den Renovierungsarbeiten beschäftigt gewesen waren, wußten, daß man durch diese Tür im Keller von einem Haus in das andere gelangen konnte.

Es gab noch einen zweiten Zugang ins Nachbarhaus, aber das war eine versteckte Tür in einem von Mr. Ballams Büroräumen.

Im dritten Haus residierte die AIA, drei Buchstaben, die für Artists International Association standen. Diese Vereinigung internationaler Künstler hatte zwei Stockwerke gemietet. Im Kellergewölbe dieses Hauses befand sich ein großer Raum, über dessen Tür ein Schild mit der Aufschrift RUHESALON hing. Dieser Raum, so mochte man denken, war für jene Künstler vorgesehen, die dem Streß des Alltags entweichen und in der Abgeschiedenheit eines stillen Winkels zu sich selbst zurückfinden wollten. Tatsache aber war, daß sich in diesem Raum ab und zu eine kleine, auserwählte Gesellschaft traf, die jedesmal von Mr. Gregory Ballam persönlich überrascht wurde. Er tauchte stets völlig lautlos in einem düsteren Winkel auf, wo sich eine versteckte Tür befand, führte die kleine Gesellschaft durch dieselbe Tür ins Mittelhaus und ermöglichte es seinen Gästen, der nüchternen und kahlen Welt der Wirklichkeit zu entfliehen, um in einem schönen, aber mörderischen Traum Zuflucht zu suchen.

Das Mittelhaus war das ansehnlichste der drei Gebäude. Hübsche Gardinen hingen an allen Fenstern. Hier wohnte Mr. Reynold, ein älterer, achtbarer Herr, mit seiner ebenso achtbaren Gemahlin.

Es war Mr. Reynolds Gewohnheit, jeden Morgen um zehn Uhr ins Geschäft zu gehen. Sein blitzblanker Zylinder saß dann immer etwas kühn auf seinem Kopf, unter dem Arm schaute ein zusammengerollter Regenschirm hervor, und im Knopfloch prangte eine Blume. Die Polizisten des Bezirks kannten ihn vom Sehen und grüßten ihn freundlich. In früheren Zeiten hatte dieser Mr. Reynold einen prachtvollen weißen Bart getragen und ein verhältnismäßig großes Einkommen dadurch bezogen, daß er Bettelbriefe schrieb und leichtgläubige, mitfühlende alte Damen besuchte, um ihren Geldbeutel zu erleichtern. Damals trug er allerdings einen ganz anderen Namen und genoß auch nicht den guten Ruf, dessen er sich jetzt in der Montague Street erfreute.

Hier und zu dieser Zeit war er glattrasiert, sah aus wie ein pensionierter Admiral oder etwas Ähnliches und erhielt vierzig Pfund wöchentlich dafür, daß er jeden Morgen um zehn Uhr aus dem Haus ging, mit seinem tadellosen Zylinder kühn durch die Straßen spazierte, den Regenschirm unter den Arm geklemmt und mit einer Blume im Knopfloch. Die meiste Zeit des Tages verbrachte er in der Guidhall-Bibliothek, vertrieb sich den

Tag mit Lesen, und wenn er müde wurde, döste er in einem Stuhl vor den Bücherregalen leise schnarchend vor sich hin. Um fünf Uhr am Abend kehrte er dann wieder heiter und guter Dinge in seine Wohnung zurück.

Wenn er sein schweres Tagewerk vollendet hatte, ging er mit seiner Frau in das kleine, gediegen eingerichtete Wohnzimmer und spielte mit ihr Karten. Sie unterhielten sich dabei lustig und vergnügt, denn die Welt war für beide in Ordnung, seit sie die Bekanntschaft von Mr. Gregory Ballam gemacht hatten.

Im Obergeschoß dieses Mittelhauses befand sich ein geheimnisvoller, luxuriös eingerichteter Salon. Dort frönten hinter dreifachen schwarzen Samtvorhängen Männer und Frauen einem Laster, das viele von ihnen auf die Dauer zugrunde richtete. Man rauchte hier Opium, nahm Koks zu sich, genoß Marihuana und Haschisch, und wem dies alles nicht genügte, dem wurde Gelegenheit geboten, mit der gefährlichen Droge Heroin zu experimentieren.

Gregory Ballam hatte die Wand zwischen zwei Räumen herausnehmen lassen und somit einen Saal geschaffen, der unter seiner persönlichen Aufsicht auf das prächtigste ausgestattet worden war. Hier hingen Ölgemälde in vergoldeten Rahmen an den wundervoll tapezierten Wänden. Die Decke war getäfelt, der Boden mit dicken Teppichen ausgelegt. Überall funkelte und glitzerte es. Alles war dick gepolstert, mit Seide überzogen, mit weichem Plüsch und Brokatstickereien. Die Kunden, die Mr. Ballam hier betreute, konnten sich jede Extravaganz leisten, und so bot er ihnen die Pracht einer Traumwelt in üppiger Fülle.

Es gab noch zwei andere Räume im Haus. Der eine war nur für Opiumraucher bestimmt, der andere war ein

Raum, in dem Kunden zur Not untergebracht werden konnten, wenn »Schwierigkeiten« auftraten. Natürlich war Gregory Ballam darum bemüht, kein unnötiges Risiko einzugehen, aber hin und wieder kam es schon vor, daß einer der Kunden nicht mit sich und dem Drogenrausch fertig wurde.

Zuweilen blieb Mr. Ballam, um eine Pfeife Opium zu rauchen, dieses träumeerzeugende Kraut, aber gewöhnlich beschränkte er solche Besuche auf besondere Gelegenheiten, zum Beispiel die Einführung eines neuen, lukrativen Kunden. Alles andere überließ er sonst seinen Angestellten: drei Männern und einer jungen Dame. Diese waren dazu da, nach dem Rechten zu sehen, und alle vier waren absolut verlässlich. Noch vor wenigen Monaten waren es fünf gewesen, aber der fünfte, ein junger Mann namens John Bell, der acht Semester Medizin studiert hatte und dann von der Universität geflogen war, konnte seinen Mund nicht halten. Ballam sorgte dafür, daß man ihn eines Tages als aufgedunsene Wasserleiche aus der Themse fischte, ohne Papiere, mit einem kleinen Loch in der Stirn. Die Polizei glaubte, daß wieder einmal der Gelbe Drache zugeschlagen hatte, und der unglückliche John Bell wurde in einem namenlosen Grab auf dem Brompton-Friedhof beigesetzt.

Jetzt hatte Gregory Ballam erneut Ärger, aber diesmal nicht mit einem der vier restlichen Angestellten, sondern mit einem Kunden.

Rodney Low hieß er, ein bekannter Künstler, der bereits für die königliche Loge auf dem Polo-Platz ein Bild gemalt hatte.

Rodney Low, so vermutete Gregory Ballam, war der geheimnisvolle Fahrgast, der nach dem Taxi-Unfall spurlos verschwunden war. Seither kümmerten sich

Scotland Yard und dieser triefnasige Inspektor um die Angelegenheit, ein Zustand, den Gregory Ballam umgehend ändern wollte. Zwar machte er ihm im Moment kein Kopfzerbrechen, aber es konnte ja sein, daß Dearborn zufällig auf Rodney Low stieß. Immerhin, so ging das Sprichwort, findet auch ein blindes Schwein ab und zu eine Eichel.

Mr. Ballam ließ deshalb an diesem Abend einen Angestellten zu sich in das Büro kommen, von dem aus eine versteckte Tür zum Mittelhaus führte. Dieser Angestellte war ein Mann namens Willard Osmer, in den Mr. Ballam großes Vertrauen setzte.

Osmer hatte seit seiner Kindheit die meiste Zeit in verschiedenen Jugendstrafanstalten und Gefängnissen verbracht. Er arbeitete seit mehr als vier Jahren für Ballam und war diesem geradezu untertänig ergeben. Er zeigte sich nie im Salon oder in einem der Räume des Mittelhauses, wohnte ganz allein in einem Mansardenzimmer unter dem Dach, spielte Geige, las Shakespeare und erledigte für Mr. Ballam jede Dreckarbeit, auch wenn er von ihr blutige Finger kriegte. Er war es zum Beispiel gewesen, der den jungen John Bell umgebracht hatte.

Willard Osmer wußte, daß seine Dienste verlangt wurden, als er das Büro betrat. Er war ein hagerer Mann mit einem ausgemergelten Gesicht, dunklen, stechenden Augen, in denen nie jemand einen Gefühlsausdruck oder eine innere Regung hätte entdecken können. Willard Osmer schien irgendwann in seinem Leben innerlich erstarrt zu sein, und die Leute, die ihm zufällig begegneten, erinnerten sich später nie mehr an ihn. Im Gefängnis hatte man ihm deswegen den Spitznamen »Der Schatten« gegeben. Viel mehr war er nicht als ein Schatten, der durchs Licht huschte und wieder verschwand. Gregory Ballam selbst war es jedesmal unheimlich zumute, wenn er diesem seltsamen Mann zu begegnen hatte.

»Es geht um einen unserer Kunden«, sagte Gregory Ballam und hütete sich davor, Willard direkt anzusehen. »Rodney Low heißt er. Ein nicht unbekannter Maler und Bildhauer. Du erinnerst dich vielleicht daran, daß ihn Cynthia eingeführt hat, Willard.«

»Rodney Low ist mir kein Unbekannter, Sir«, sagte Willard mit einer Stimme, die aus einem leeren Sarg in der Tiefe des Grabes hätte kommen können.

»Gut. Ich wünsche, daß Rodney Low niemals Gelegenheit bekommt, uns gefährlich zu werden, Willard.«

»Ich verstehe«, sagte Willard Osmer. »Ich werde dafür sorgen.«

Jetzt hob Gregory Ballam den Kopf, und sein Blick streifte das knöcherne Gesicht von Willard Osmer, der seine Augenlider halb gesenkt hatte. Selbst jetzt schien es, als wäre dieser kaltblütige Mörder überhaupt nicht zugegen. Er stand völlig regungslos vor dem Schreibtisch, und Gregory Ballam empfand nicht die geringsten Impulse, die von Willard Osmer hätten ausgehen können. Entweder bestand dieser Mann tatsächlich nur aus einer Hülle, oder er verstand es, seine Gefühle vollständig zu kontrollieren.

»Wo wohnt Mr. Low?« fragte Willard Osmer, ohne die Lider zu heben.

Ballam gab ihm die Adresse. Und damit hatte es sich. Als sich Willard Osmer umdrehte und das Büro verließ, war Rodney Low eigentlich so gut wie tot. Nur wußte er noch nichts davon.

Das Telefon klingelte, und Leon Gonsalez hob den Hörer ab. Eine Frauenstimme meldete sich.

»Ich habe von Ihnen gehört, Mr. Gonsalez, deshalb rufe ich Sie an.«

»Was kann ich für Sie tun?« fragte Leon kühl. Er mochte es nicht, wenn jemand anrief, ohne seinen Namen zu nennen, obwohl dies nicht selten vorkam. Genug Leute fürchteten, sich einer Gefahr auszusetzen, wenn sie sich zu erkennen gaben, bevor sie wußten, woran sie mit ihrem Gesprächspartner waren.

»Es geht eigentlich weniger um mich als um meinen Verlobten, Mr. Gonsalez.«

»Und der hat ganz bestimmt einen Namen.«

»Henry«, sagte sie so hastig, daß es nur eine Lüge sein konnte. »Ich weiß nicht, ob Sie überhaupt imstande sind, ihm zu helfen. Ich habe es seit Monaten versucht, leider ohne Erfolg.«

»Falls Henry krank ist, sollten Sie sich vielleicht besser mit einem Arzt in Verbindung setzen«, sagte Leon. »Das Silberne Dreieck ist eine Detektiv-Agentur.«

Poiccart kam aus der Küche. Er hatte sich eine Schürze umgebunden, und seine Augen tränten. Es sollte zum Dinner frische Rindsleber geben. Mit viel Zwiebeln drauf. Leon hoffte nur, daß es dieser Anruf nicht erforderlich machte, das Haus noch vor dem Dinner zu verlassen.

»Mr. Gonsalez, Sie haben nicht unrecht, wenn Sie annehmen, daß ein Arzt sich um Henry kümmern müßte. Aber die Krankheit, unter der er leidet, ist das Ergebnis eines Verbrechens.«

Jetzt horchte Leon auf. Er warf Poiccart einen vielsagenden Blick zu, und dieser wußte sofort, daß seinem Partner wieder einmal das sprichwörtliche Glück hold war. Es ging um Ballam. Seit Tagen beschäftigte sich Leon nur noch mit Rauschgift und mit Mr. Gregory Ballam. Seit Tagen war mit ihm über nichts anderes mehr zu reden. Er war versessen darauf, Gregory Ballam das Handwerk zu legen.

»Ich nehme an, es geht um Rauschgift, Miß . . .«

»Julie. Das ist mein Name, Mr. Gonsalez. Bitte erlauben Sie mir, daß ich zunächst meinen Familiennamen verschweige.«

»Werden Sie bedroht?«

»Ich weiß es nicht.« Die Stimme der Frau wurde plötzlich unsicher. »Ich habe Angst, Mr. Gonsalez. Fragen Sie mich nicht, wovor ich Angst habe. Ich weiß nur, daß Henry in Gefahr ist. Er richtet sich zugrunde, verstehen Sie. Dabei hat er eine vielversprechende Karriere begonnen. Die Leute halten viel von ihm. Man hat ihm eine großartige Zukunft vorausgesagt.«

»Die er jetzt leichtsinnigerweise aufs Spiel setzt.«

»Das Rauschgift verkrüppelt ihn. Er ist nicht mehr fähig, kreativ zu denken und zu schaffen. Es ist, als hätte jemand seine Seele zerstört.« Die Frau schwieg einige Sekunden. »Bitte verstehen Sie mich recht, Mr. Gonsalez. Ich bin eine Frau, die mit beiden Füßen auf dem Boden steht. Es fällt mir nicht leicht, Ihnen zu erklären, was die Drogen mit Henry anrichten.«

»Und Henry? Weiß er, daß er krank ist?«

»Er weiß es. Aber das ändert nichts an der Tatsache, daß er weitermacht. Er ist abhängig von dem Zeug, süchtig sogar. Er meint, daß er die Halluzinationen braucht, um arbeiten zu können.«

»Was nimmt er denn?«

»Er raucht.«

»Opium?«

»Ja. Und andere Sachen. Außerdem spritzt er sich Heroin. Und wenn die Wirkung abklingt und die Schmerzen kommen, kriegt er Pillen. Starke Schmerzmittel.«

»Wer versorgt ihn mit dem Zeug?«

»Er hat mir nie einen Namen genannt, Mr. Gonsalez. Aber ich habe selbst Nachforschungen angestellt. Ich bin ihm einige Male dorthin nachgegangen.«

»Wohin?«

»Dorthin, wo er das Rauschgift kriegt. Er verbraucht dafür alle seine Ersparnisse. Er hat viel Geld verdient mit seinen Werken. Aber bald hat er nichts mehr, außer Schulden.«

»Ist er Schriftsteller?«

Die Frau schwieg. Leon hörte sie atmen. Sie wollte einfach nicht mit der Sprache heraus.

»Wie könnte ich Ihnen helfen, wenn Sie mir Ihren Namen verschweigen und mich beschwindeln?« fragte Leon ruhig.

»Ich beschwindle Sie nicht, Mr. Gonsalez, aber . . .«

Leon unterbrach sie. »Henry, das ist nicht der Name Ihres Freundes, meine Gute.«

Wieder schwieg sie.

»Dann sagen Sie mir wenigstens, wohin Henry geht, wenn er Rauschgift braucht!« drängte Leon.

»Ich . . . ich bin ihm bis in die Montague Street nachgegangen. Und dort . . .«

Die Frau brach plötzlich ab. »Er kommt nach Hause«, flüsterte sie. »Ich kann nicht weiterreden. Bitte, entschuldigen Sie. Es wäre eine schlimme Enttäuschung für ihn, wenn er erführe, daß ich mich mit Ihnen in Verbindung gesetzt habe.«

»Haben Sie den Namen Gregory Ballam schon einmal . . .«

»Ich werde Sie aufsuchen. Curzon Street. Das ist nicht sehr weit von hier. Ich muß jetzt auflegen.«

»Ihr Name . . . Bitte, sagen Sie mir Ihren Namen, Miß . . .«

»Das ist er nicht«, stieß sie hervor. »Mein Gott, das ist ein . . .«

Die Frau verstummte jäh. Leon hörte ihren Atem. Und er hörte Schritte auf knarrenden Brettern. Dann einen erstickten Schrei. Der Hörer schlug gegen irgend etwas.

»Hallo!« rief Leon. »Hallo, melden Sie sich, Miß . . .«

Kein Laut drang mehr aus dem Hörer. Sekunden verstrichen. Dann vernahm Leon keuchenden Atem.

»Hallo!« rief Leon noch einmal, aber da wurde der Hörer aufgelegt.

Leon blickte zu Poiccart hinüber, der gemerkt hatte, daß irgend etwas Schlimmes passiert sein mußte.

»Ich glaube, ich bin eben Zeuge eines Mordes geworden«, sagte Leon bitter. »Ich glaube, man hat am anderen Ende dieser Leitung eben eine Frau umgebracht.«

»Und du weißt nicht, wo sich das andere Ende dieser Leitung befindet, nicht wahr?«

Leon nickte und legte den Hörer sorgfältig auf die Gabel zurück.

»Mr. Gregory Ballam hat heute vielleicht seinen ersten Fehler gemacht«, sagte er. Er ging zum Sofa und ließ sich in die Polster niedersinken, als hätte er eine schwere Last auf dem Rücken. »Ich wünschte, ich hätte es verhindern können«, sagte er leise.

5. Kapitel
Warten auf Rodney

Rodney Low ging die Treppe zu seiner Wohnung hoch. Er hatte den Kragen seines Mantels hochgeschlagen, und trotzdem schien es ihm, als nage die Kälte mit spitzen Zähnen an seinen Knochen. Er schlotterte, als er auf einem Treppenabsatz stehen blieb und sich mit dem Mantelärmel den kalten Schweiß vom Gesicht wischte. Er blickte dem Geländer entlang zum nächsten Treppenabsatz hoch, wo eine Lampe brannte. Achtzehn Stufen waren es. Er hatte sie schon so oft gezählt. Achtzehn Stufen, dann konnte er wieder verschnaufen.

Das Treppensteigen bereitete ihm mehr als nur Mühe. Seine Glieder waren so schwer, als wären sie mit Blei ausgegossen. Er brachte die Füße nur mit großer Anstrengung vom Boden. Und tief in seinem Innern brannte ein Feuer, winzig nur, wie eine Glut unter dem Eis. Rodney Low wußte, daß dieses Feuer auflodern und ihn verzehren würde. Er brauchte Hilfe. Zum erstenmal wünschte er, Julie hätte ihn bei der Hand genommen und die Treppe hochgeführt. Sie hätte ihm Kraft geben können und Wärme, und vielleicht hätte er das Feuer zum Ersticken gebracht, so daß es nie mehr aufgelodert wäre Ohne Julie ging es nicht. Er war nahe daran, umzukehren und dorthin zu gehen, wo er allen Qualen ein Ende bereiten konnte. Und in seinem Innern stritten sich zwei Stimmen. Die eine lockte ihn zurück, die Treppe hinunter und in die kalte Nacht hinaus. Die andere warnte ihn davor, umzukehren.

Rodney hielt sich am Geländer fest. Er hörte sich Julies Namen rufen. Seine Stimme war ihm nicht fremd, aber zum erstenmal vernahm er in ihr die Verzweiflung, die ihn so hilflos machte wie ein kleines Kind. Er hätte weinen können, wären ihm noch Tränen gekommen. Aber seine Augen waren trocken und brannten.

Julie kam nicht, und er zog sich am Geländer hoch, Stufe um Stufe, mit zitternden Gliedern, unsicher auf den Beinen. Er ging an der Wohnungstür des Buchhalters vorbei, der wahrscheinlich nicht zu Hause war. Sein Atem ging schnell, und sein Herz polterte, als wollte es zerspringen. Er lehnte sich unter der Lampe gegen die Wand, erschöpft und mit einem Gefühl im Magen, sich übergeben zu müssen. Seine Lippen fühlten sich an wie Holz, als er mit trockener Zunge darüberfuhr.

Nur nicht aufgeben, dachte er. Diesesmal mußt du es schaffen!

Er ging weiter, die Treppe hoch zum oberen Absatz. Von dort konnte er die Wohnungstür sehen. Licht drang durch eine Spalte unter der Tür. Julie mußte zu Hause sein. Er rief erneut nach ihr. Keine Antwort. Nichts.

Aber sie war da. Er spürte ihre Nähe.

Vielleicht weinte sie. Sie weinte oft in letzter Zeit. Früher hatte sie nie geweint. Früher war alles anders gewesen.

Er stieß die Luft durch die Nase aus. Es würde bald alles wieder so sein wie früher. Sie mußte ihm nur helfen. Zwei, drei Tage. Vielleicht länger. Sie mußte ihm helfen, dem Teufel zu entkommen.

»Julie!«

Nichts. Im ganzen Haus war kein Geräusch zu hören. Rodney schluckte. In seiner Kehle war ein trockener Kloß. Er hatte Durst. Einen ganzen See hätte er leertrinken können.

Langsam ging er weiter, Stufe um Stufe, die eine Hand am Geländer, die andere gegen den Magen gepreßt.

Vor der Wohnungstür blieb er stehen. Er lauschte. Dann drückte er die Klinke nieder. Die Tür war nicht abgeschlossen. Im Flur brannte ein Licht. Rodney ließ die Tür hinter sich offen. Er ging den Flur entlang und warf einen Blick durch die offene Tür in die Küche. Auf dem Tisch standen eine Schüssel und zwei Gedecke. Saubere Gedecke. Es schien, als hätte Julie mit dem Essen auf ihn gewartet. Hatte sie gewußt, daß er rechtzeitig zurückkommen würde?

Er lachte leise vor sich hin, während er auf die Tür des Wohnzimmers zuging. Sie war einen Spaltbreit offen. Es brannte kein Licht im Wohnzimmer. Julie saß oft ohne Licht da. Das war eine Eigenart von ihr. Sie konnte stundenlang im Polsterstuhl sitzen und leiser Musik lauschen. Aber das Radio lief nicht. Nicht das geringste Geräusch war zu hören.

Rodney erreichte die Tür und drückte sie langsam auf. Er sah Julie sofort. Sie lag halb unter dem Tisch auf dem Teppich. Ein Arm stand merkwürdig verdreht von ihrem Körper ab. Ihr Gesicht war zur Seite gedreht. Rodney konnte nur ein Auge sehen. Ein offenes Auge. Und Blut auf dem Teppich.

Rodney hörte sich schreien. Und in diesem Moment tauchte der Schatten vor ihm auf, nicht mehr als eine huschende Bewegung. Die Katze! Rodney hob instinktiv seinen rechten Arm zur Abwehr. Er vernahm einen leisen gedämpften Knall, spürte einen stechenden Schmerz in seiner Seite und merkte, wie er zurückgestoßen wurde. Er prallte gegen die Wand im Flur, und da tauchte der Schatten in der Wohnzimmertür auf, verwandelte sich in die Gestalt eines Mannes, der eines der dicken Kissen, die Julie bestickt hatte, vor den Bauch hielt. Das Kissen hatte ein Loch.

»Na, Rodney«, sagte der Mann.

Das Kissen ging plötzlich auf, als platzte eine Naht. Flaumflocken wirbelten wie Schneeflocken in den Flur hinaus. Rodney Low vernahm erneut den gleichen dumpfen Knall wie vorher, aber diesmal blieben die Schmerzen aus. Statt dessen zersplitterte neben ihm der Garderobenspiegel. Verputz bröckelte von der Wand. Ein Schirmständer fiel um, und Rodneys Verstand wurde mit einemmal klar. Er rannte los, sprang durch die offene Tür hinaus und stürzte die Treppe hinunter. Er merkte nicht einmal, ob er mit dem Kopf gegen das Geländer schlug. Er kam irgendwie auf die Beine, jagte weiter, nahm drei, vier Stufen auf einmal, schwang sich am Geländer über den nächsten Treppenabsatz und lief weiter, ohne sich einmal umzusehen.

Irgendwann fiel Rodney Low hin. Zweige schlugen ihm ins Gesicht. Der Geruch feuchter Erde stieg ihm in die Nase. Er hatte nasses Laub im Mund, und es war so dunkel um ihn herum, daß er nichts sehen konnte, außer ein paar knorpeligen, kahlen Ästen eines Busches.

Rodney bewegte sich nicht. Er hörte Schritte auf Kies. Die Umrisse einer Gestalt tauchten in der Dunkelheit auf. Rodney hielt den Atem an, bis fast seine Lungen platzten. Die Gestalt war nicht mehr als ein Schatten, der sich auf ihn zu bewegte. Dann blieb er stehen, verharrte eine Weile, drehte sich um und verschwand.

Lange Zeit rührte sich Rodney nicht. Er fror erbärmlich. Die Feuchtigkeit drang durch seine Kleider. Schließlich erhob er sich. In der Ferne sah er das Licht einer Laterne. Aber er ging nicht dorthin. Und er ging auch nicht zum Haus zurück. Er hatte Angst. Am liebsten hätte er sich hingelegt und wäre gestorben.

Ohne zu wissen, wohin er ging, irrte er durch die Nacht. Und das Bild, das er in seiner Wohnung gesehen hatte, tauchte immer wieder vor seinem geistigen Auge auf. Ein schlimmes Bild, bizarr verzerrt, in den grellsten Farben. War es Wirklichkeit oder war es nur dieser böse Traum, vor dem er sich immer gefürchtet hatte? Konnte es sein, daß Julie tot war? Es stimmte vieles nicht an diesem Bild: die Farben, das grelle Licht, die Katze.

Rodney Low wollte zur Montague Steet zurückgehen, aber er fand den Weg nicht. Nicht in dieser Nacht.

Leon Gonsalez wartete vergeblich auf einen weiteren Anruf der Frau. Drei Tage lang entfernte er sich nicht vom Telefon. Drei Tage lang rief ihn Dearborn an. Nirgendwo war eine Leiche aufgetaucht. Kein Mord war passiert, keine Vermißtenmeldung aufgegeben worden. Es waren drei ruhige Herbsttage, die allerdings für Leon Gonsalez zu den schlimmsten seines Lebens gehörten.

Raymond Poiccart und George Manfred ließen ihn in Ruhe. Sie wichen ihm aus, wo sie nur konnten, waren aber immer in der Nähe, um ihn in seiner schrecklichen Ungewißheit nicht allein zu lassen. Nie zuvor hatten sie ihren Partner so bitter erlebt wie in diesen Tagen. Es schien fast, als litte er unter Selbstmitleid, aber dazu kannten sie Leon Gonsalez zu gut. Er brütete über die Dinge nach, die passiert waren, versuchte einen Weg zu finden, an Gregory Ballam heranzukommen. Der Fall ließ ihm keine Ruhe.

Am vierten Tag schließlich, noch früh am Morgen, als draußen vor dem kleinen Haus an der Curzon Street die Müllabfuhr Lärm machte, rief Dearborn an.

»Gonsalez?« fragte er, als sich Leon meldete. »Was ist mit Ihnen? Sind Sie erkältet?«

Leon klärte seine Kehle. »Warum rufen Sie an?« fragte er knapp.

»Neuigkeiten, Gonsalez.«

Leon gab ihm keine Antwort.

»Gute und schlechte Nachrichten.«

Das klang schlimm. Und eigentlich hätte Dearborn nicht einmal mehr weiterreden müssen. Leon wußte schon alles.

»Wir haben die Frau gefunden.«

»Wo?«

»An einem Pfeiler der Victoria-Eisenbahnbrücke.« Dearborn schwieg für einige Sekunden. »Tut mir leid, Gonsalez«, sagte er dann, und das klang ehrlich.

»Wer ist die Frau?« fragte Leon nach einer Weile.

»Keine Ahnung. Wir haben ihr die Fingerabdrücke genommen. Man ist noch damit beschäftigt, die Kartei durchzusehen. Außerdem stellt ein Zeichner ein Portrait her, das die Frau so zeigt, wie sie lebend ausgesehen hat.«

Leon wußte, was Dearborn meinte. Eine drei Tage alte Wasserleiche konnten selbst engste Verwandte nicht wiedererkennen.

»Dr. Stevens schätzt die Frau auf knapp über zwanzig Jahre. Schwarzhaarig. Hübsch. Unverheiratet und noch ohne Kinder. Außerdem muß sie Studentin gewesen sein, oder sie hatte einen Beruf, der weder an ihren Händen noch sonstwo Spuren hinterließ.«

Leon Gonsalez holte tief Luft. Die Stille im Hörer machte ihm zu schaffen. Er hätte fluchen mögen, unterließ es aber. George Manfred kam die Treppe hoch und schaute bekümmert herein.

Leon drehte ihm den Rücken zu.

»Jemand muß doch die Frau vermissen, Dearborn«, sagte er. »Sie muß irgendwo zu Hause gewesen sein. Irgendein Arbeitgeber muß sich doch Gedanken machen, wenn seine Angestellte drei Tage nicht am Arbeitsplatz erscheint.«

»Vielleicht hat sie nicht gearbeitet. Oder vielleicht hatte sie Urlaub.«

»Wir müssen diesen Henry finden, Dearborn.«

»Machen Sie mir Vorschläge.«

»Chelsea. Dort wohnen viele Künstler. Schriftsteller. Auch der Ort, wo die Tote angeschwemmt wurde, deutet auf Chelsea als Tatort.«

»Chelsea ist groß, Gonsalez. Es wohnen mindestens hunderttausend Leute dort.«

Leon mußte zugeben, daß die Suche nach einem Mann, von dem niemand auch nur den Namen wußte, etwa ähnlich verlaufen würde wie die berühmte Suche nach der Nadel im Heuhaufen.

»Well?« fragte Dearborn. »Wollen Sie sich die Frau ansehen, Gonsalez? Wir haben sie auf Eis liegen.«

»Ich glaube nicht, daß das notwendig ist«, gab Leon schroff zurück.

»Was haben Sie dann vor?«

»Ich kümmere mich jetzt persönlich um Ballam.«

»Viel Vergnügen.«

»Danke.« Leon legte auf. Als er sich der Tür zuwandte, stand Manfred immer noch dort.

»Sags, wenn wir dir helfen können«, sagte er.

Leon nickte. Er hatte einen Kloß im Hals, den er nicht los wurde.

Franky Clinkenbeard und Johnny Hathcock hatten sich ihr Zuhause in einem ausrangierten Viehtransporter eingerichtet, der auf einem völlig verwilderten Grundstück von South Lambeth stand.

Weder Franky noch Johnny konnten sich einen Reim machen, wie der alte Eisenbahnwagen hierhergelangt war, mindestens zehn Kilometer von der nächsten Eisenbahnlinie entfernt, ohne Räder und mit einem angebauten Bremshäuschen, an dem die kleinen Scheiben alle zerschlagen waren.

Die Innenwände des Wagens waren frisch mit Zeitungspapier tapeziert, und auf dem Boden lagen Linoleumstücke, die Franky und Johnny in einer Lagerhalle in der Nähe des Vauxhall-Bahnhofes gestohlen hatten. An einer Wand hing sogar ein Bild, und zwar eine Bierreklame in einem schwarzen Rahmen. Die übrige Einrichtung bestand aus zwei alten Autoreifen, die als Sessel dienten, einigen Kisten, einer löcherigen Seemannstruhe und einem Kleiderständer, an dem Johnny zum Scherz eine Vogelscheuche aufgehängt hatte.

John Hathcock war der jüngere, und er lebte erst seit einem halben Jahr hier. Franky hingegen hatte schon silbrige glitzernde Flecken im Stoppelbart, und er wohnte hier schon so lange, daß er daran dachte, demnächst einen Briefkasten aufzustellen, damit er wenigstens die Reklamekataloge der Versandhäuser kriegte, ohne sie aus den Briefkästen anderer Leute zu klauen.

Manchmal nahmen Franky und Johnny Untermieter auf. Dazu hatten sie das Bremserhäuschen eingerichtet. Dort war gerade genug Platz für einen, der nicht größer als einssechzig war. Einer, der größer war, konnte sich drehen und wenden, wie er wollte, bequem liegen konnte er nicht.

Deshalb meldete Johnny sofort Bedenken an, als sie den Mann fanden, der auf dem Weg lag, der vom Elektrizitätswerk herüberführte.

Eigentlich wollten sie hinüber zur Eisenbahnbrücke, wo Jerold Knight wohnte, der sie vor Tagen zu einer Flasche Johnny Walker eingeladen hatte. Echten Johnny Walker. Den hatte er von einem Chinesen gekriegt, für ein Springmesser, das jemand aus einem vorbeifahrenden Zug geworfen hatte.

Zuerst dachten sie, der Mann auf dem Feldweg wäre tot. »Der ist hinüber«, sagte Johnny. »Komm, wir machen einen kleinen Bogen, damit man später nicht unsere Abdrücke im Sand findet und uns womöglich was anhängen kann.«

»Der ist keineswegs hinüber«, erwiderte Franky. »Schau nur genau hin. Der zittert am ganzen Leib.«

Der Mann lag auf dem Bauch. Er hatte den Kopf zur Seite gedreht und so fest gegen den Boden gepreßt, daß sein Gesicht ganz verzerrt war. Er bewegte sich, als Franky näher kam. Er zog die Beine an und krümmte sich wie im Krampf.

»Vielleicht wäre es besser, wenn wir ihn niemals gesehen hätten«, sagte Johnny. »Wir denken einfach, er war nicht da, und gehen weiter und trinken einen Scotch, und dann, in der Nacht, wenn es dunkel ist, gehen wir nach Hause und machen den kleinen Umweg zum Elektrizitätswerk hinüber.«

»Der krepiert, wenn wir ihm nicht helfen«, erwiderte Franky. Er kauerte neben dem Mann nieder. »Heh, was ist mit dir? Bist du verletzt oder was?«

Der Mann hob den Kopf. Er wollte etwas sagen, aber nur ein gepreßtes Stöhnen entrang sich seinem Mund. Franky schob einen Arm unter ihn und hob den Oberkörper des Mannes etwas an, so daß er besser in das blasse Gesicht sehen konnte.

»Mann, sag mir lieber, was mit dir los ist, dann kann ich dir vielleicht helfen.«

»Schmerzen«, keuchte der Mann. »Feuer.« Das Sprechen bereitete ihm Mühe. Er krümmte sich zusammen, als litte er unter furchtbaren Bauchschmerzen.

Franky blickte zu Johnny auf. »Vielleicht hat er eine Kolik.«

Johnny schüttelte den Kopf. »Der hat keine Kolik nicht«, sagte er schleppend.

»Was dann?«

»Wenn der Gras gefressen hätte, hätte er vielleicht eine Kolik.«

»Ich weiß, daß er kein Pferd ist, verdammt.«

»Du weißt überhaupt nichts.«

»Was weiß ich nicht?«

»Was mit dem los ist.«

»Dann sag es mir, zum Teufel! Was ist mit dem los?«

»Der wird uns Ärger machen. Der wird uns verdammt großen Ärger machen.«

»Oh, du glaubst, daß er aus dem Kittchen ausgebrochen ist? Vielleicht aus dem Wandsworth-Gefängnis?«

»Nein. Das glaube ich nicht.« Johnny spuckte aus.

»Was dann? Hergott noch mal, was ist los mit dir? Spuck es aus, wenn du was auszuspucken hast. Spuck es nur aus. Ich kann einiges ertragen.«

»Sachte«, sagte Johnny. Er kam näher und kauerte nieder. »Ich meine noch immer, daß wir die Hände von ihm lassen sollten«, sagte er.

»Krepieren lassen können wir ihn unmöglich, jetzt, wo wir ihn gefunden haben, oder!«

Johnny gab seinem Freund keine Antwort. Er ergriff

einen Arm des Mannes und schob den Mantelärmel hoch, dann den Ärmel des Pullovers und des Hemdes.

Franky schaute ihm verwundert zu. »Was soll der Quatsch?« fragte er. »Der friert wie ein Schloßhund.«

»Hier, schau dir das an!« sagte Johnny. Er drehte den weißen Arm des Mannes so, daß Franky die Armbeuge sehen konnte. Dort gab es dunkle, blutunterlaufene Flecken.

»Scheint, daß er aus dem Krankenhaus kommt«, sagte Franky. »Das sind Einstiche. Von Spritzen. Ich kenne das. Einmal, da haben sie mich eingeliefert. Mit 'ner Blutvergiftung.«

»Der Mann schießt sich Heroin, Franky«, sagte Johnny hart. »Der Mann ist ein Rauschgiftsüchtiger, und so wie es den Anschein hat, braucht er dringend einen Schuß. Schau ihn dir nur an. Das Feuer frißt ihn auf. Der hat furchtbare Schmerzen, und es wird nur noch schlimmer. Es wird so schlimm, daß du aufpassen mußt, daß er sich nicht umbringt.«

Franky starrte den Mann am Boden verständnislos an. »Zum Teufel mit dir!« sagte er bitter. »Warum bringst du dich nicht richtig um, wenn du dich umbringen willst. Dazu hast du wohl den verfluchten Mut nicht. Aber mit dem Zeug da, da fällt es dir wohl leichter.«

Die Zähne des Mannes schlugen gegeneinander. Seine Finger krallten sich in Frankys Arm, als wollte er ihn nie mehr loslassen.

»Wir können ihn zum Royal Hospital bringen. Das ist nicht weit. Zusammen können wir ihn zur Chelsea Bridge tragen, und dort nimmt uns vielleicht jemand auf, oder eine Polizeistreife kommt.«

Der Mann am Boden öffnete den Mund weit. Sein Atem ging schnell und keuchend.

»Keine Polizei«, würgte er hervor. »Bitte . . . keine Polizei.«

»Der hat Angst«, sagte Franky. »Heh, wovor hast du Angst?«

»Der . . . der Mörder . . .«

Franky und Johnny wechselten einen Blick.

»Habe ich dir nicht gesagt, daß wir Ärger kriegen mit ihm?« stieß Johnny hervor.

»Jetzt ist es schon so«, gab Franky zurück.

»Und was willst du jetzt tun, wo es schon so ist?«

»Wir nehmen ihn mit.«

»Wir nehmen ihn mit?«

»Wir nehmen ihn mit!«

»Du bist verrückt! Wenn wir ihn mitnehmen, kriegen wir noch mehr Ärger. Überhaupt, wohin willst du ihn mitnehmen?«

»Nach Hause.«

»Zu uns?«

Franky Clinkenbeard nickte bestimmt. »In unserem Gästezimmer hat er Platz. Schau nur, er ist nicht länger als einssechzig.«

»Okay, okay. Und trotzdem ist es ein Blödsinn, wenn wir ihn mitnehmen. Der könnte krepieren. Ich weiß Bescheid. Ich war schon dabei, wo einer wie der krepiert ist, weil er keinen Stoff kriegte. Dem kann nur jemand helfen, der Bescheid weiß.«

»Du hast eben gesagt, daß du Bescheid weißt.«

»Zum Teufel mit dir.«

»Fromme Wünsche hast du, Johnny.«

Johnny knurrte etwas, was Franky nicht verstehen konnte. Aber als Franky Anstalten machte, den Mann vom Boden aufzuziehen, half er ihm. Schließlich hatten sie ihn hoch, und Johnny hielt ihn an den Beinen, während ihm Franky seine Arme unter die Achsel geschoben hatte. So trugen sie ihn durch die verwilderten Felder, über denen sich die ersten Abendnebel ausbreiteten.

»Das erinnert mich an den Krieg«, sagte Franky, als er noch Luft hatte. »Da haben wir Verletzte durchs Sperrfeuer getragen, zurück zu unseren Stellungen.«

»Jetzt ist kein Krieg«, sagte Johnny. »Deshalb sage ich, daß du verrückt bist.«

Franky lachte nur. Später lachte er nicht mehr, denn der Mann wurde immer schwerer und der Weg zurück zum alten Eisenbahnwagen immer länger.

Raymond Poiccard war allein zu Hause, als Dearborn anrief. Er wollte Leon Gonsalez sprechen.

»Mr. Gonsalez ist außer Haus«, sagte Poiccart in seiner typisch dienstbeflissenen Art, auf die er im Grunde seines Herzens eigentlich richtig stolz war.

»Wann kommt er zurück?« fragte Dearborn ungehalten. Wann immer er es mit Poiccart zu tun hatte, fühlte er sich auf den Arm genommen, und darüber ärgerte er sich.

»Ich erwarte Mr. Gonsalez nicht vor der Lunchzeit zurück«, erwiderte Poiccart. »Gestatten Sie mir, mich nach dem Grund Ihres Anrufes zu erkundigen, verehrtester Inspektor?«

Dearborn versuchte, durch die verstopfte Nase Luft zu holen. »Wissen Sie denn über den Fall Ballam Bescheid, Poiccart, oder spielen Sie neuerdings hauptberuflich den Butler?«

Poiccart lächelte. Das konnte Dearborn zwar nicht sehen, aber er kannte ihn gut genug, um sich Poiccarts Gesicht vorzustellen.

»Mein lieber Inspektor, so oder so entgeht mir wenig,

was sich in unserem kleinen Haus abspielt. Sie dürfen sich mir also getrost anvertrauen, falls Sie dies für notwendig erachten.«

»Ich habe Ärger, Poiccart.«

»Haben wir nicht alle unsere Bürden zu tragen?« Poiccart räusperte sich diskret. »Ich kann Ihnen vielleicht mit einem Ratschlag beistehen?«

»Den Teufel können Sie, Poiccart. Richten Sie Gonsalez aus, daß er gefälligst die Finger von Mr. Gregory Ballam lassen soll, wenn er nicht ebenfalls gehörige Unannehmlichkeiten kriegen will.«

»Und wer, so möchte Mr. Gonsalez gern erfahren, sollte ihm diese Unannehmlichkeiten bereiten?«

»Ballam hat seinen Rechtsanwalt eingeschaltet. Mr. Frederick Gilbert. Und dieser wiederum hat Freunde im Parlament, wie uns allen bekannt ist.«

»Und was, Verehrtester, hat das mit uns zu tun? Ich meine, warum hätte Mr. Gonsalez etwas zu befürchten? Im Gegensatz zu Ihnen ist Mr. Gonsalez nicht bei Scotland Yard angestellt. Ich darf Sie vielleicht daran erinnern, daß wir uns niemals einschüchtern lassen. Das ist sozusagen eines der wichtigen Geschäftsprinzipien des Silbernen Dreiecks. Es ermöglicht uns unter anderem, Verbrechen aufzuklären, an die sich nicht einmal Scotland Yard heranwagen würde. Verbrechen, die möglicherweise vertuscht würden, um Hintermänner vor Bestrafung zu schützen. Soviel mir Mr. Gonsalez erklärt hat, handelt es sich beim Fall Ballam um eine besonders düstere Angelegenheit.«

»Trotzdem will ich, daß er sich von nun an raushält«, sagte Dearborn hart. »Nicht nur zu seinem Besten. Ich sitze seit vorgestern hier auf einem Schleudersitz, und irgendjemand hält den Daumen auf den Knopf. Verstehen Sie mich, Poiccart?«

»Nur zu gut, mein lieber Inspektor, nur zu gut. Aber glauben Sie nicht, daß Gregory Ballam für alle Schandtaten, die zweifellos auf sein Kerbholz gehen, bestraft werden sollte?«

»Dies ist keineswegs die Frage, mit der Sie sich weiterhin beschäftigen sollten, Poiccart. Es gibt nichts, was wir Mr. Ballam nachweisen könnten. Nicht den geringsten Gesetzesverstoß.«

»Er betreibt eine Rauschgifthöhle.«

»Das ist eine Behauptung, die Sie nicht laut aussprechen sollten, es sei denn, Sie haben einen Anwalt, der Mr. Frederick Gilbert gewachsen ist.«

»Soll das heißen, daß Scotland Yard aufgegeben hat?«

Pause. Poiccart hörte den Inspektor atmen.

»Ja«, sagte er schließlich. »So kann man es wohl nennen, Poiccart.«

»Gut. Ich werde Mr. Gonsalez ausrichten, daß Sie angerufen haben. Sonst vielleicht noch etwas, was Sie uns mitteilen möchten, Inspektor?«

»Nun . . . äh, eigentlich ist das alles.«

»Sind Sie absolut sicher?«

Poiccart hörte, wie Dearborn leise fluchte. »Wegen Julie«, sagte er. »Sie wissen doch, die junge Frau, die Gonsalez angerufen hat und die wir später aus der Themse . . .« Dearborn brach ab. »Sie wissen doch Bescheid, Poiccart.«

»Was ist mit ihr?«

»Wir haben die Adresse, wo sie gewohnt hat, und wir haben ihren Arbeitgeber.«

»Hervorragend, Snake-Eye«, entfuhr es Poiccart. »Großartige Arbeit.«

»Dreiundsechzig Danvers Street. Zweiter Stock. Vier-Zimmer-Wohnung mit Atelier. Bei Julies Freund handelt es sich um den Kunstmaler und Bildhauer Rodney Low.«

»Rodney Low, der das Bild für die Königs-Loge gemalt hat?«

»Ja. Hören Sie, Poiccart, wenn man erfährt, daß ich Ihnen die Auskunft gegeben habe, kann ich mein Köfferchen hier im Yard packen und mich irgendwo im hohen Norden als Warenhaus-Detektiv bewerben.«

»Diskretion, mein lieber Dearborn, ist ein anderes Geschäftsprinzip des Silbernen Dreiecks. Sie können also getrost sein. Außerdem glaube ich ehrlich gesagt nicht, daß Scotland Yard seinen besten Mann entlassen würde.«

Bevor Dearborn etwas darauf erwidern konnte, hatte Poiccart aufgelegt. Er hob sofort wieder ab und wählte eine andere Nummer. Eine Frau meldete sich.

»Leon dort?« fragte Poiccart.

»Er schläft«, sagte die Frau. »Die ganze Nacht war er draußen.«

»Montague Street?«

»Ja.«

»Sagen Sie ihm, er soll sofort zurückrufen, wenn er aufwacht. Am besten wecken Sie ihn. Es ist wichtig.«

Die Frau seufzte. »Moment«, sagte sie. Dann hörte Poiccart, wie sie zärtlich nach seinem Partner rief. Er kannte die Frau nicht, aber er wußte, daß Leon ab und zu in ihrem Haus Zuflucht suchte, um der finsteren Londoner Unterwelt zu entkommen.

Nur wenige Sekunden vergingen, dann meldete sich Leon. Er war müde. Man konnte es an seiner Stimme hören.

6. Kapitel
Dearborn gibt nicht auf

Die Situation war unberechenbar. Das vertrug Gregory Ballam nicht. Es machte ihn nervös. Unruhig. Er konnte sich nicht erinnern, jemals so schlecht geschlafen zu haben wie in den letzten Tagen. Und dies, obwohl er eigentlich nichts mehr zu befürchten hatte. Frederick Gilbert hatte in seiner bewährten Art dafür gesorgt, daß sich Scotland Yard in Zukunft um wirkliche Verbrechen kümmerte, und dieser chronisch verschnupfte Inspektor hatte einen Nasenstüber verpaßt gekriegt, der ihn davon abhalten würde, sich jemals wieder in Dinge einzumischen, die ihn nichts angingen.

Und trotzdem wurde Gregory Ballam nicht mit dieser Situation fertig, war er unruhig. Er haßte die Ungewißheit. Er haßte es, eine Situation nicht hundertprozentig kontrollieren zu können. Es machte ihn unsicher und sogar furchtsam, denn in seinem Geschäft war er gezwungen, sein Leben aufs Spiel zu setzen.

Willard Osmer hatte noch nie gefehlt. Es war das erstemal. Aber einmal ist immer das erstemal. Nur konnte es einen ungünstigeren Zeitpunkt gar nicht geben. Noch hatte die Öffentlichkeit John Didsworth nicht vergessen. Noch rätselte man insgeheim über den Taxiunfall. Und jetzt schwamm eine Leiche in der Themse, die man womöglich irgendwann herausfischen würde, während Rodney Low in panischer Angst umherirrte, höllischen Qualen ausgesetzt.

Vielleicht würde Low in die Montague Street kommen. Irgendwann, wenn er den Mut dazu fand. Er konnte ja nicht wissen, wer auf ihn geschossen hatte. Er kannte Willard Osmer nicht.

Vielleicht würde er sich eines Tages auch nach Hause schleichen. Wie ein geprügelter Hund, voller Schmerzen, ausgebrannt, irrsinnig vor Verzweiflung.

Er konnte Gregory Ballam gefährlich werden. Und deshalb schickte Gregory Ballam noch einmal den Schatten aus.

»Erledige die Sache, Willard«, sagte er nur.

Willard wußte Bescheid. Er ging in die Danvers Street, wo Rodney Low mit seiner Freundin gewohnt hatte. Drei Tage lang wartete er auf die Rückkehr von Rodney Low. Nach drei Tagen, als er die Warterei aufgeben wollte, kam ein Mann in das Haus, den Willard noch nie gesehen hatte. Es war dunkel. Willard hielt sich im Erdgeschoß versteckt, in einer Türnische, von der eine Treppe in den Keller hinunterführte.

Bei der Eingangstür brannte eine Lampe. Der Schein beleuchtete das hagere, stoppelbärtige Gesicht eines Mannes, der einen Mantel trug, über den sich jeder Hausierer geschämt hätte. Außerdem hatte der Mann zwei verschiedene Schuhe an den Füßen; einen schwarzen mit Ledersohle und einen braunen mit heller Gummisohle. Der braune war es, der auf den Fließen quietschte.

Der Mann blieb unschlüssig am Fuß der Treppe stehen. Er war vielleicht vierzig Jahre alt, vielleicht fünfzig. Auf jeden Fall hatte er graue Stoppeln im Bart. Er schaute lange die Treppe hoch, bevor er sich schließlich entscheiden konnte, hochzugehen. Willard hörte den Schritten nach, dem Quietschen des braunen Schuhes. Er dachte, daß der Mann im ersten Stock vielleicht an der Tür klingeln würde, weil er die Frau besuchen wollte. Aber der Mann ging einen Stock höher. Vor der Tür zu Rodney Lows Wohnung blieb er stehen. Willard lauschte angestrengt. Kein Laut war mehr zu hören. Nach einigen Minuten hastete er lautlos die Treppe hoch.

Die Tür zu Rodney Lows Wohnung war einen Spaltbreit offen. Willard hielt an. Der Mann war nirgendwo zu sehen, aber durch die Milchglasscheibe an der Tür fiel schwaches Licht.

Ein vages Lächeln glitt über das eingefallene Gesicht von Willard. Er zog den Hut etwas tiefer in die Stirn, schlug den Kragen seines Mantels hoch und nahm seine Pistole zur Hand. Ganz sanft drückte er die Tür auf. Er machte dabei nicht das geringste Geräusch. Auch seine Schritte auf dem Parkett waren nicht zu hören. Er ging geradewegs auf die Türöffnung zu, aus der Licht drang.

Er sah den Mann sofort, der über die offene Schublade einer Kommode gebeugt war. Er füllte eine große Einkaufstasche mit Zeug, das er aus der Kommode nahm. Er war so sehr in seine Beschäftigung vertieft, daß er den Mann hinter sich erst bemerkte, als ein Schatten über ihn fiel. Er schrak hoch. Seine Augen weiteten sich, und er hob beide Hände wie zur Abwehr.

»Ich bin kein Dieb«, rief er gepreßt. »Bitte, schießen Sie nicht.«

Das Lächeln im Gesicht Willards war teuflisch. Er bewegte kaum seine schmalen Lippen, als er den Mann aufforderte, die Hände noch höher zu nehmen, was der Mann sofort tat.

Willard war zufrieden. Er atmete auf. »Feine Überraschung, was?« sagte er.

Der Mann nickte. »Ich habe Sie nicht gehört, und dabei habe ich ein ausgezeichnetes Gehör.«

»Es gehört zu meinem Beruf, leise zu sein«, erklärte Willard sanft.

»Und was, wenn ich so frei sein darf, ist Ihr Beruf, mein Herr?«

»Ich sorge dafür, daß gewisse Leute nicht zu übermütig werden«, erwiderte Willard, und wieder umspielte das merkwürdige Lächeln seinen Mund. »Wo ist Rodney Low?«

Der Mann zuckte etwas zusammen. »Rodney Low? Sir, 'tschuldigen Sie, aber ich kenne keinen . . .«

»Ich sorge auch dafür, daß mich nie jemand zweimal anlügt«, unterbrach Willard den Mann kalt. Das Lächeln war jetzt aus seinen Zügen verschwunden. »Dies ist Rodney Lows Wohnung, nicht wahr. Ich habe hier drei Tage auf ihn gewartet.«

»Sind Sie ein Freund von ihm?«

»So ungefähr.«

»Ich bin auch ein Freund von ihm«, sagte der Mann. »Gestatten Sie, Frank Clinkenbeard. Es ist mir eine ganz außergewöhnliche Ehre, einen Freund von einem solch großartigen Künstler wie Rodney Low kennenzulernen.«

»Verstehen Sie was von Kunst?«

»Nicht viel.«

»Und von automatischen Pistolen?«

Franky Clinkenbeard hob die Brauen. »Etwas mehr«, gab er zögernd zu.

»Dann würde ich Ihnen raten, mir zu sagen, wo sich Rodney Low zur Zeit aufhält.«

Franky seufzte. »Well, Sir, wenn ich das wüßte, würde ich . . .« Er brach jäh ab, als der Mann das Kopfkissen vom Bett nahm und es vor die Pistole drückte.

»Was meinst du, Frank, würde man den Schuß auf der

Straße hören?« fragte Willard, und seine Stimme klang jetzt eiskalt.

»Ich . . . ich weiß nicht«, erwiderte Franky stockend. »Dies ist ein altes Haus mit dicken Wänden.«

»Man würde nichts hören, Frank«, sagte Willard Osmer. »Ich versichere dir, daß man dich wahrscheinlich erst in ein paar Tagen hier finden würde, wenn du nämlich zu stinken anfängst.«

Franky schluckte. »Was wollen Sie von Rodney?« stieß er dann hervor.

Jetzt lächelte Willard wieder. »Ich will ihn sehen«, sagte er.

»Mehr nicht?«

»Mehr nicht, Frank. Ich will ihn nur sehen.«

Frank Clinkenbeard senkte den Kopf. Rodney hatte ihn gebeten, niemandem seinen Aufenthaltsort zu verraten. Und er hatte ihm das Versprechen gegeben, wie ein Grab zu schweigen. Wie ein Grab. Franky fröstelte bei dem Gedanken, daß er schon tot sein könnte, erschossen von diesem geheimnisvollen Mann mit den eiskalten Augen.

»Well, Frank?« fragte der Mann. »Bringst du mich hin?«

»Ich will zuerst noch ein paar Sachen für Rodney einpacken«, sagte Frank Clinkenbeard, und er hörte selbst, wie seine Stimme zitterte.

Inspektor Philander Dearborn war kein Mann, der sich leicht einschüchtern ließ. Offiziell tat er zwar so, als interessiere er sich nicht mehr für Gregory Ballam, aber heimlich beschäftigte er sich weiter mit ihm. Nicht einmal der junge Peter Roos, der ihm direkt untergeben war, merkte etwas davon.

Wie er in Erfahrung gebracht hatte, um wen es sich bei der Toten handelte, die aus der Themse gefischt worden war, verriet er niemandem. In der Zeitung schrieb man nur von einem weiteren geheimnisvollen Mord und der bis zur Unkenntlichkeit aufgeblähten Wasserleiche einer jungen Frau. Keine der Zeitungen brachte das Bild, das ein Zeichner im Yard hergestellt hatte, da Dearborn die Zeichnung »unabsichtlich« verschwinden ließ, bevor Kopien in Umlauf kommen konnten. Damit wollte er verhindern, daß Ballam in Panik geriet.

Er hatte Tagschicht. Aber nach Feierabend ging er nicht nach Hause. Einmal traf er in der Montague Street zufällig mit Leon zusammen, der sich dort in den düsteren Winkeln herumtrieb, um die drei Häuser Ballams zu beobachten. An einem Abend folgte er Miß Genee Maggiore unerkannt überallhin, ohne daß sie etwas Verdächtiges angestellt hätte.

In der dritten Nacht hatte Dearborn Glück.

Er lauerte in der Danvers Street, wo sich die Wohnung von Rodney Low befand. Kurz nach Hereinbruch der Dunkelheit kam ein Mann die Straße herunter, der wie ein Penner aussah. Zuerst dachte Dearborn, daß es sich womöglich um Leon Gonsalez handelte, der sich ja ab und zu verkleidete, aber als der Mann näher kam und unter einer Straßenlaterne stehen blieb, um sich zu orientieren, stellte Dearborn eindeutig fest, daß der Mann »echt« war.

Nun konnte es gut sein, daß dieser Penner überhaupt nichts mit Rodney Low zu tun hatte und an der Haustür vorbeigehen würde, aber irgendwie spürte Dearborn eine innere Anspannung, die ihn wachsam werden ließ. Sie erinnerte ihn an seine Urlaubstage, die er im Hochland von Schottland auf der Jagd verbracht hatte, zusammen mit dem alten McMakin, der die Witterung eines Wildes aufnahm, lange bevor er es hören oder sehen konnte. Genau dieses Gefühl war es, das nur die Erfahrung bringen konnte, ganz gleich, ob man einen Hirsch erlegen wollte oder einem Verbrecher auf der Spur war.

So wunderte sich Dearborn nur ein bißchen, als der Mann tatsächlich die Tür zu dem Haus öffnete, in dem Rodney Low zusammen mit seiner Freundin Julie eine Wohnung gemietet hatte. Dearborn hatte bis jetzt darauf verzichtet, in die Wohnung zu gehen und sich umzusehen. Er glaubte nicht, daß Rodney Low zu Hause war, denn auch in dieser Nacht brannte im zweiten Stockwerk kein Licht.

Erst nach einer Weile, nachdem der Mann im Haus verschwunden war, wurde eines der Fenster hell.

Dearborn rührte sich nicht. Als Inspektor bei Scotland Yard war er es gewohnt, Geduld zu üben, und zwar nicht nur, wenn es um eine Lohnaufbesserung ging.

Jetzt wartete er im dunklen Häuserschatten, den Kopf zwischen die Schultern gezogen, den Hut tief in die Stirn gedrückt und einen glitzernden Tropfen an seiner Nase. Es war unangenehm feucht und kalt.

Lange brauchte Dearborn nicht zu warten. Nach etwas mehr als einer halben Stunde erlosch im zweiten Stock das Licht. Und einige Minuten danach ging die Haustür auf. Der Nebel war jetzt dichter geworden, aber trotzdem konnte Dearborn ganz deutlich erkennen, daß zwei Männer aus dem Haus kamen, der Penner und ein anderer, der möglicherweise Rodney Low war.

Die beiden Männer gingen ziemlich eilig die Straße hinunter, und Dearborn folgte ihnen in einigem Abstand. Selbst wenn sich einer von ihnen plötzlich umgedreht hätte, er hätte den Verfolger kaum wahrgenommen, denn Dearborn trug einen grauen Trenchcoat, einen grauen Hut, eine graue Hose und dunkle Schuhe. Im Nebel war er beinahe unsichtbar.

Im kleinen Haus an der Curzon Street herrschte nicht die beste Stimmung. Leon hatte vergeblich versucht, sich mit Dearborn in Verbindung zu setzen. Der Inspektor war außer Haus, ließ man ausrichten, und niemand wußte, wo er sich befand. Leon rief auch einen seiner Freunde an, der Verbindung zu einem Parlamentsabgeordneten hatte. Er bat ihn um einen kleinen Gefallen, aber der Freund weigerte sich, irgend etwas zu unternehmen, »wenn es um Gregory Ballam geht«. Schließlich telefonierte Leon mit einem Bekannten im Innenministerium, dem er schon einige Male geholfen hatte, aber auch dieser erklärte sich nicht bereit, irgend etwas zu unternehmen.

»Leon, wenn ich dir einen guten Rat geben darf, laß die Finger davon.«

»Es überrascht mich, das von einem Mann zu hören, den ich immer für einen geradlinigen und gerechten Menschen gehalten habe«, gab Leon bitter zurück.

»Sachte, Leon. Warum willst du nicht begreifen, daß es sich nicht lohnt, Gregory Ballam in die Enge zu treiben? Er ist ein mächtiger Mann, Leon, mächtiger, als du vielleicht glaubst.«

»Vor allem ist er ein skrupelloser Verbrecher, der notfalls nicht vor Mord zurückschreckt, wenn es darum geht, seine illegalen Geschäfte zu schützen.«

»Ich weiß von keinen illegalen Geschäften.«

»Er betreibt eine Rauschgifthöhle in der Montague Street.«

»Hast du Beweise dafür?«

»Nein. Aber jederman weiß es. Es handelt sich um ein exklusives Etablissement.«

»So exklusiv vielleicht, daß niemand ein Interesse daran haben könnte, Mr. Gregory Ballam Schwierigkeiten zu machen.«

»Dann glaubst du auch, daß sogar Politiker und andere Leute der Londoner Gesellschaft dort ein- und ausgehen?«

»Hm, du erlaubst mir, daß ich dir darauf keine Antwort gebe, Leon!«

»Nein. Ich will eine Antwort, zum Teufel! Ich will wissen, woran ich mit dir bin. Ich will wissen, ob ich Rükkendeckung habe. Ich will wissen, wieso ein guter Mann wie Dearborn im Stich gelassen wird, wenn er dabei ist, ein schändliches Verbrechen aufzudecken.«

»Damit habe ich nichts zu tun. Das ist Politik, die mich nichts angeht, Leon. Ich habe andere Dinge, die mich beschäftigen, und glaube mir, es ist weiß Gott nicht einfach, immer . . .«

»Das genügt!« stieß Leon ärgerlich hervor. »Ich dachte mir, daß du versuchen würdest, dich mit einigen Ausreden aus der Affäre zu ziehen.«

»Leon, du tust mir unrecht. Was . . .«

»Wir sehen uns mal«, unterbrach Leon seinen Gesprächspartner und knallte den Hörer auf die Gabel.

George Manfred, der im Sessel saß und in einer Zeitung blätterte, blickte herüber.

»Die ganze Welt scheint sich gegen uns verschworen zu haben, nicht wahr?«

»Nicht die ganze Welt, George«, gab Leon müde zurück. »Es sind nur einige mutlose Pfeffersäcke, die von der Angelegenheit nichts wissen wollen, weil einige von ihnen selbst Dreck am Stecken haben.«

Poiccart kam aus der Küche. Er hatte ein Tablett mit einem fein aussehenden Marmorkuchen in der Hand. »Wenn ihr wollt, gibt es jetzt Kaffee und Kuchen«, sagte er.

George Manfred erhob sich und ging zum Tisch. Durch das Fenster sah er, wie Mrs. Tripplestick auf der anderen Straßenseite einen Teppich ausschüttelte. Mrs. Tripplestick hatte ein Tuch um den Kopf gewickelt, und als sie George gewahrte, winkte sie ihm zu, das Fenster zu öffnen.

Manfred machte auf.

»Junger Mann, ich hoffte, Sie kämen heute abend zu einer Partie Bridge!« rief sie.

Manfred hustete in seine Faust hinein. »Das geht leider nicht, Gnädigste«, rief er zurück. »Ich habe mir eine schlimme Erkältung zugezogen.«

»Nun, dann vielleicht nächste Woche!«

»Ja, ganz bestimmt nächste Woche. Entschuldigen Sie, ich muß zumachen. Ich ertrage die naßkalte Luft nicht.«

»Legen Sie sich mit einer Wärmeflasche ins Bett, junger Mann!« rief Mrs. Tripplestick, und dann lachte sie aus vollem Hals. »Oder mit einer Freundin! Das hilft auch!«

Manfred machte das Fenster zu und zog die Vorhänge vor. Er war fast etwas verlegen, als er sich an seinen angestammten Platz am Tisch setzte.

»Ihr versteht euch blendend, Mrs. Tripplestick und du, nicht wahr«, sagte Poiccard anzüglich.

»Bald nicht mehr«, entgegnete Manfred. »Seit fast sieben Wochen habe ich eine Ausrede, wenn sie mich zum Bridge einlädt, irgendwann wird sie sich zu rächen versuchen.« Manfred tunkte ein Stück Marmorkuchen in den Kaffee, aber als er es essen wollte, brach es und fiel ihm auf die neue Weste. Leon reichte ihm eine Serviette. Manfred bedankte sich. Poiccart sagte, daß ihm noch nie ein besserer Marmorkuchen geglückt sei. Es klang alles ziemlich öde.

Da hob Leon den Kopf. »Ich habe mich entschlossen, Gregory Ballam zweimal sterben zu lassen«, sagte er.

Poiccart verschluckte sich am Kaffee. Manfred, der damit beschäftigt war, seine Weste zu säubern, hielt jäh inne und blickte Leon von der Seite her zweifelnd an.

»Kein Mensch stirbt zweimal«, sagte Poiccart. »Es sei denn, es ist einer scheintot.«

Leon lächelte. Es war das erstemal seit Tagen, daß sein Gesicht jenen listigen Ausdruck zeigte, der ihnen so vertraut war. Es schien fast, als hätte Leon wieder einmal einen Fall gelöst, bevor er damit fertig war. Das kam bei ihm nicht selten vor, und das schlimme daran war eigentlich nur, daß er seine beiden Partner jeweils unbarmherzig auf die Folter spannte.

Auch diesmal schien dies seine Absicht.

»Sieht man mir eigentlich an, daß ich mich damit beschäftige, Verbrechern das Handwerk zu legen?« fragte er so harmlos wie möglich.

»Hm, wenn du mich fragst, siehst du eher aus wie einer, der sein Leben den schönen Künsten gewidmet hat.«

»Als ich dich zum erstenmal sah, dachte ich, du wärst ein Magier«, sagte Poiccart, sichtlich froh darüber, daß Leon Anstalten machte, zu sich selbst zurückzufinden. »Das ist dein südländisches Aussehen. Ein Spanier vom Scheitel bis zur Sohle. Stolz und feurig, immer bereit, den Stier bei den Hörnern zu packen. Verwegen bis ins Mark deiner Knochen, bist du . . .«

»Das genügt, Raymond«, lächelte Leon und winkte ab. »Übrigens, dein Kuchen ist tatsächlich ausgezeichnet.«

»Danke. Du warst in letzter Zeit ziemlich unausstehlich. Der Kuchen war zu deiner Aufmunterung gedacht.«

Leon wurde ernst. »Es gibt einige Vorbereitungen zu treffen, Raymond. Da du zu elegant aussiehst und es gewohnt bist, beste Manieren an den Tag zu legen, wird mir George beistehen müssen. Dem wird es allerdings auch nicht leichtfallen, den Gefängniswärter zu spielen.«

»Den Gefängniswärter?« Manfred blickte Leon bekümmert an. »Sag mal, ist dir vielleicht nicht ganz wohl heute?«

»Mir geht es bestens, George. Mir ging es noch nie so gut wie gerade jetzt.« Leon wandte sich an Poiccart. »Würdest du dir zutrauen, einen Priester zu spielen, Raymond?«

Raymond lächelte. »Natürlich traue ich mir zu, einen Priester zu mimen, mein Freund. Soll ich Ballam die Letzte Ölung verpassen?«

»So ungefähr.«

»Und dann wirst du ihn ›sterben‹ lassen?«

Leon schwieg. Und sie ließen ihn in Ruhe Kaffee trinken und den Kuchen essen, obwohl sie vor Neugier beinahe platzten. Würde er sie ausnahmsweise in seine Pläne einweihen? Kaum. Leon schien zwar wieder besserer Laune, aber in seinem Innern sah es anders aus. Das wußten sie beide, denn sie kannten ihn seit vielen Jahren. In seinem Innern glühte der Zorn.

Aber nachdem sie alle drei mit dem Kaffee fertig waren und Leon eine Zigarette anzündete, erzählte er ihnen seinen Plan. Sie trauten ihren Ohren nicht, während er redete. Es war der verrückteste Plan, den Leon jemals gehabt hatte, und vielleicht auch der gefährlichste. Als er mit seinen Ausführungen fertig war, saßen sie alle lange Zeit schweigend am Tisch und hingen ihren eigenen Gedanken nach. Leon hatte nichts anderes erwartet, denn er wußte selbst, daß sie ihre Existenz aufs Spiel setzten und vielleicht sogar ihr Leben.

»Well?« fragte er nach einer Weile.

Manfred hob den Kopf.

»Nicht schlecht«, sagte er. »Ehrlich gesagt, der Plan hätte *mir* einfallen können.«

Poiccart lächelte, sagte aber kein Wort. Es war klar, daß er mit von der Partie sein würde, ganz gleich, wie groß das Risiko war.

7. Kapitel
Clinkenbeard & Co.

Dearborn hatte seinen Dienstwagen am Paulton's Square geparkt, nicht weit von der Danvers Street entfernt, wo er jetzt die Verfolgung der beiden Männer aufnahm. Er hoffte, daß die beiden nicht irgendwo ein Auto besteigen und einfach davonfahren würden. Aber soweit er blicken konnte, war nirgendwo ein Fahrzeug geparkt. Die Straße zwischen den grauen Häuserfassaden war leer. Wie ausgestorben. Und der Nebel wurde immer dichter.

Dearborn kannte sich in diesem Stadtteil von Chelsea nicht besonders gut aus, wußte aber, daß die Danvers Street an der Crosby Hall vorbeiführte, hinunter zum Cheyne Walk, einer der bekannten Promenaden entlang dem Themse-Nordufer. Die Crosby Hall, ein wuchtiges Gebäude, stand im Dunkeln. Dearborn wußte, daß dieses Gebäude 1927 erbaut worden war und als Sehenswürdigkeit einen riesigen Saal anzubieten hatte, in dem ein Ölgemälde von Holbein hing. Außerdem wurde dieser Saal »Great Hall« - die große Halle - genannt und war aus den Teilen eines alten Palastes gebaut, der in der Mitte des fünfzehnten Jahrhunderts von Sir John Crosby am Bishopsgate errichtet worden war. Mehr wußte Dearborn nicht darüber, aber er nahm sich vor, gelegentlich im Lexikon nachzusehen, denn er liebte die Architektur alter Gebäude, ganz gleich aus welcher Epoche.

Im Moment hatte er allerdings keine Zeit, sich mit solchen Dingen zu beschäftigen. Die beiden Männer, die es nicht sonderlich eilig hatten, erreichten nämlich den Cheyne Walk und überquerten ihn schräg, offenbar in der Absicht, eines der Taxis zu nehmen, die beim Carlyle Pier auf Kundschaft warteten.

Dearborn blieb stehen. Er konnte von seinem Standort aus alles gut sehen. Tatsächlich steuerten die beiden Männer auf das erste Taxi zu, in dem sofort die Innenleuchte anging. Der größere der beiden Männer, vielleicht war das tatsächlich Rodney Low, sprach kurz mit dem Fahrer. Dann ließ er den anderen, der aussah wie ein Penner, einsteigen, bevor er selbst im Fond des schwarzen Fahrzeuges mit dem Taxischild verschwand.

Der Fahrer betätigte den Anlasser. Es dauerte etwas, bis der kalte Motor richtig lief. Bläulicher Qualm hüllte die beiden Taxis dahinter ein. Schließlich setzte sich das Fahrzeug langsam in Bewegung, drehte auf der Straße und fuhr in Richtung Battersea Bridge. Dearborn ließ jetzt keine Zeit mehr verstreichen. Er lief über die Straße und stürmte regelrecht das nächste Taxi. Der Fahrer, ein Mann, der eine Seemannsmütze mit Schild trug, kam nicht mehr dazu, Dearborn zu rügen, denn dieser zeigte ihm durch das Gitter hindurch seinen Ausweis.

»Fahren Sie bitte umgehend dem anderen Taxi nach!« befahl er. »Es geht um Leben und Tod.«

Der Fahrer griff in die Brusttasche seines Hemdes und holte eine Schachtel John Players heraus. Fast gemächlich entnahm er ihr eine Zigarette, steckte sie sich in den Mundwinkel und zündete sie an.

»Beeilung, bitte schön!« drängte Dearborn.

»Keine Sorge, Inspektor, das andere Taxi wird von Sleepy Joe Cox gefahren, und der ist um diese Nachtzeit so schläfrig, daß ihm selbst auf furztrockener Straße eine Schnecke folgen könnte.«

»Trotzdem, ich will nicht, daß er uns entgeht, nur weil Sie die Sache nicht ernst genug nehmen.«

»Mord? Mord nehme ich immer ernst, Inspektor.« Der Fahrer drückte den Anlasserknopf an seinem alten Vauxhall. Der Motor sprang zwar sofort an, aber als der Fahrer den Gang einlegte, gab das Getriebe Geräusche von sich, die Dearborn in den Ohren weh taten.

»Worum geht es denn, Inspektor, oder ist das etwa Amtsgeheimnis?«

Dearborn renkte sich fast den Hals aus, weil er nach dem anderen Taxi Ausschau hielt, aber die Rücklichter waren inzwischen im Nebel verschwunden.

»Jetzt können wir nicht einmal mehr die Lichter sehen«, schimpfte Dearborn. Er wollte noch etwas hinzufügen, aber der Taxifahrer fuhr mit einem Ruck an, so daß der Vauxhall jäh ausbrach und quietschend hochfederte. Er schlingerte, drehte sich wie auf Schmierseife, schleuderte haarscharf an zwei geparkten Taxis vorbei und wurde vom Fahrer schließlich wieder unter Kontrolle gebracht. Er schwenkte auf die Battersea Bridge ein, und als sich Dearborn mit dem Mantelärmel über die Stirn wischte, fragte der Fahrer noch einmal, um was es denn eigentlich ginge.

»Wissen Sie, Inspektor, ich kenne Milligan verteufelt gut. Gut genug jedenfalls, um meine ganze Barschaft darauf zu verwetten, daß er an jenem Abend nicht betrunken war und auch nicht einfach die Herrschaft über seinen Wagen verlor. Waren Sie bei der Beerdigung, Sir?«

Erst jetzt merkte Dearborn, daß der Fahrer von Jack Milligan sprach, jenem unglücklichen Chauffeur, der in der Sloane Street verunglückt war.

»Wir wissen auch, daß Milligan nicht betrunken war«,

sagte Dearborn, während das Taxi durch den dichten Nebel über die Battersea Bridge brauste.

»Warum kümmert man sich dann nicht mehr darum? Warum sucht man nicht nach dem geheimnisvollen Fahrgast? Wenn es um irgendwelche reichen Pinkel ginge, hätte Scotland Yard sämtliche Beamten eingesetzt, um den Fall zu klären. Aber Jack Milligan war ein armes Schwein und obendrein ein Ire. Da kümmert sich natürlich keiner drum, obwohl er eine Familie hinterlassen hat. Sehen Sie, Inspektor, wir haben beschlossen, zwei Monate lang alles Trinkgeld für Jacks Familie auf die Seite zu legen. Das ist das letzte, was wir für ihn tun können.«

»Eine feine Sache«, sagte Dearborn. »Aber glauben Sie nur nicht, daß Scotland Yard derartige Unterschiede macht, wie Sie eben erwähnt haben. Vor dem Gesetz sind alle Bürger gleich, und es wäre eine Schande . . .« Dearborn brach plötzlich ab. Waren tatsächlich vor dem Gesetz alle gleich? Auch Gregory Ballam?

»Da sind die Lichter«, sagte der Fahrer. »Zufrieden, Inspektor?«

»Ja.« Dearborn beugte sich etwas vor. »Die beiden Männer, die im Taxi ihres Kumpels sitzen, haben eventuell etwas mit dem Unfall zu tun«, sagte er.

Der Fahrer warf einen Blick in den Rückspiegel. Dearborn konnte nur das Weiß seiner Augen sehen. Minutenlang sagte er kein Wort. Er blieb etwa fünfzig Yards hinter dem anderen Taxi.

Rodney Low kämpfte so verbissen um sein Leben, daß auch Johnny Hathcock sich verpflichtet fühlte, ihm mit ganzer Kraft beizustehen. Allerdings glaubte er noch immer, daß es am Ende nur Ärger geben würde und

Schwierigkeiten, denn in seinen Fieberanfällen redete Rodney Low immer wieder von einem Mord an seiner jungen Freundin, die Julie hieß.

Franky war extra deswegen zwei Tage hintereinander zum Battersea Park gegangen und hatte mit etwas Verspätung jedesmal die neueste Ausgabe des *Daily Megaphon* zurückgebracht, einmal voller Fettflecken und mit einem halben Sandwich drin, aber von einem Mordfall war nicht die Rede.

So phantasierte sich Rodney Low in seinem Fieberwahn vielleicht eine Geschichte zusammen, oder aber Scotland Yard hatte die Tote noch nicht entdeckt, was natürlich ziemlich undenkbar war.

Es stand lange Zeit so schlimm um Rodney Low, daß Franky Clinkenbeard einmal schon fast unterwegs zum Royal Hospital auf der anderen Seite der Themse war, aber dann erwachte Rodney und bettelte darum, niemandem zu verraten, daß er hier Unterschlupf gefunden hatte.

Franky und Johnny versprachen ihm, noch einmal zu warten, aber nur, wenn er sich besonders Mühe gebe, diese schlimme Zeit hinter sich zu bringen.

»Wir wissen, daß es für dich die Hölle ist, Rodney«, sagte Johnny und bohrte dabei in der Nase. »Aber du mußt das durchstehen, sonst hat alles keinen Sinn. Außerdem wäre es für mich eine herbe Enttäuschung und auch für Franky hier, der dich unbedingt hierher bringen wollte, als du da draußen im Feld schon beinahe tot warst.«

Und Franky Clinkenbeard nickte beifällig zu den Worten seines jungen Gefährten, der selten irgend etwas Bedeutungsvolles sagte, wenn er redete.

»Wir wollen dich gesund machen, Rodney«, sagte

Franky Clinkenbeard. »Jetzt, wo wir wissen, wer du bist, wollen wir dich nicht einfach sterben lassen. Das ist wichtig für uns und für die restliche Menschheit, denn du bist erstens der erste Mensch, den wir kennen, der schlimmer dran ist als wir beide, und zweitens bist du ein lebendes Beispiel dafür, daß es ein kompletter Blödsinn ist, irgendwelche billigen Auswege zu suchen, denn die kommen einem schlußendlich meistens verteufelt teuer zu stehen.«

Nachts war Rodney Low oft so kalt, daß entweder Franky sich zu ihm legen mußte, bis er zu schlottern aufhörte, oder Johnny. Schlimmer konnte es nicht mehr werden. Rodney erbrach fast alles, was sie ihm zu essen oder zu trinken gaben, und nach einigen Tagen war er nur noch Haut und Knochen.

Weder Franky Clinkenbeard noch Johnny Hathcock wußten, wie lange es dauern würde, bis Rodney Low es geschafft hatte. Manchmal schien es, als hätte er überhaupt keine Chance, und dann wurde Franky meistens wütend, weil er so hilflos mit ansehen mußte, wie ein junger Mann um sein Leben kämpfte, das er selbst versaut hatte. Franky konnte das einfach nicht begreifen. Er selbst hatte ja auch nicht gerade Karriere gemacht, und seine Eltern hätten sich im Grabe umgedreht, hätten sie gewußt, daß er mit Johnny zusammen in einem ausrangierten Viehwagen hauste und sich fast ausschließlich damit beschäftigte, über den Sinn des Lebens nachzudenken, aber dieser Rodney Low hatte sich alles verpfuscht, nur weil er an sich selbst verzweifelt war. Ein Schwächling mußte er sein, obwohl er jetzt so verbissen kämpfte, ein Schwächling, vielleicht zu sensibel, wie das viele Künstler waren, aber für seine Flucht in die Rauschgifthölle gab es keine Entschuldigung.

»In aller Freundschaft muß ich dir sagen, daß du ein Idiot bist«, sagte ihm Franky einmal, als er richtig wütend war.

Und Rodney Low fühlte sich betroffen, suchte nach Ausreden, nach Entschuldigungen, und schließlich weinte er.

An dem Tag, an dem es ihm zum erstenmal etwas besser ging, verließ Franky den Eisenbahnwagen und ging über die Themse nach Chelsea.

»Vielleicht stellst du in meiner Wohnung fest, daß alles nicht stimmt, was ich gesagt habe«, sagte Rodney, bevor er wegging. »Vielleicht ist Julie dort. Dann sagst du ihr, daß ich zurückkommen werde und daß sie sich keine Sorgen machen soll und daß alles gut sein wird.«

»Soll ich ihr sagen, wo du bist?«

»Nein. Sag niemand, wo ich bin. Niemand, hörst du. Ich will gesund sein, wenn ich von hier weggehe.«

So war es. Rodney Low hatte sich fest vorgenommen, gesund zu werden, und vielleicht hatte er eine gute Chance. Vielleicht schaffte er es, vom Rauschgift loszukommen. Er brauchte nur den Mut, seinen Weg zu gehen.

Dort, wo die Kirtling Street in die Park Road einmündete, also ziemlich genau in der Mitte zwischen dem Battersea Park-Bahnhof und dem Vauxhall-Bahnhof in South Lambeth, hielt Sleepy Joe Cox sein Taxi an und ließ seine beiden merkwürdigen Fahrgäste aussteigen, denen er auf der Fahrt hierher nicht ein einziges Wort hatte entlocken können.

Der dunkelgekleidete Herr mit dem schmalen, blassen Gesicht bezahlte durchs offene Fenster. Dann verschwanden die beiden im Nebel, und bevor Sleepy Joe

Cox wegfahren konnte, sah er im Rückspiegel, wie hinter ihm ein anderes Taxi parkte, das allerdings kein Licht hatte. Zu seiner eigenen Überraschung wurde Sleepy Joe sofort hellwach.

Hinter ihm stieg Tom Streatham aus und mit ihm ein Mann im Trenchcoat. Sleepy Joe wollte erst den Motor anlassen und wegfahren, aber Tom Streatham machte schon beim Aussteigen unverkennbare Zeichen mit beiden Händen. Sleepy Joe kurbelte das Fenster herunter und gähnte herzhaft, damit ja keine Zweifel aufkommen konnten, was er als nächstes vorhatte.

»Ich lasse mich auf nichts ein«, sagte er sofort, als Tom Streatham sich zum Fenster herunterbeugte. »In einer halben Stunde ist meine Dienstzeit um, und da . . .«

»Hör mal, Joe. Es geht um unseren Freund Milligan und um den Unfall. Du weißt doch, Scotland Yard sucht nach dem verschwundenen Fahrgast.«

Sleepy Joe kniff die Augen mißtrauisch zusammen und musterte Dearborn, der suchend in den Nebel hinausstarrte.

»Weißt du, wohin deine Fahrgäste gegangen sind?« fragte Tom Streatham. »Der das wissen will, ist Inspektor Dearborn vom Yard.«

»Ich habe keine Ahnung, wohin die beiden unterwegs sind, aber wenn man mich fragt, würde ich sagen, daß der eine nicht genau weiß, wo er sich befindet und wohin es geht, während der andere da oben in der Nähe des Elektrizitätswerkes wohnen muß, vielleicht in den alten Hütten, wo sich ab und zu Penner einnisten, bis sie wieder von der Polizei weggejagt werden.«

»Wo ist das?« fragte Dearborn, ohne sich umzudrehen.

»Am Ende der Straße. Dort, wo die Felder sind.«

»Kennst du dich aus dort?« fragte Tom Streatham.

»Nicht gut. Einmal war ich dort. Suchte einen Weg hinunter zum Ufer. Ich erinnere mich an ein paar alte Bretterhütten und einen ausrangierten Eisenbahnwagen, aus dem Rauch kam.«

»Kommst du mit, Joe? Ich glaube, der Inspektor hätte nichts dagegen einzuwenden, wenn er ein bißchen Unterstützung kriegt, nicht wahr, Inspektor?«

»Von Amtes wegen kann ich euch natürlich nicht auffordern, mir zu helfen«, sagte Dearborn schnell. »Es kann gefährlich werden, falls sich meine Vermutungen bewahrheiten.«

Sleepy Joe überlegte kurz, dann hob er die Schultern und stieg aus. Zur Überraschung Dearborns holte er einen Knüppel unter dem Sitz hervor. »Aber das sollte schnell gehen«, sagte er schläfrig. »In einer halben Stunde mache ich Feierabend.«

8. Kapitel
Das Todesurteil

Es war Miß Genee Maggiore, die Gregory Ballam einen Berufskollegen aus Spanien vorstellte, der sozusagen inkognito nach London gekommen war, um sich ohne jedes Aufsehen ausgiebig zu vergnügen. In Spanien war dieser Mann ein Theaterschauspieler von Rang und Namen. Gregory Ballam glaubte sogar, den Namen schon einmal gehört oder gelesen zu haben, als ihm Genee Maggiore den gutaussehenden Mann mit dem dunklen Oberlippenbart und den feurigen Augen vorstellte.

Rafael Dominguez hieß er, und Gregory Ballam war entzückt, ihn als Gast in sein Etablissement bringen zu dürfen. Dominguez verfügte nämlich über ausreichendes Kapital, sich jedes Vergnügen kaufen zu können, das ihm Gregory Ballam zu offerieren hatte.

Zusammen fuhren sie von der Jermyn Street in die Montague Street zum Internationalen Artistenklub. Es war schon recht spät am Abend, da Genee Maggiore und Rafael Dominguez zuvor im Walsingham House Hotel, wo sich der reiche Gast aus Spanien eine Suite gemietet hatte, diniert hatten. Obwohl Ballam so etwas wie Eifersucht verspürte, war er äußerst zuvorkommend und höflich. Immerhin ging es um sein Geschäft und seinen Ruf, den er auch international zu festigen hoffte.

In Ballams Rauschgifthöhle war bereits ziemlich Betrieb. Ballam fragte einen der Angestellten sofort nach Willard Osmer, aber dieser war seit drei Tagen nicht mehr gesichtet worden.

Dies beunruhigte Ballam etwas. Er hatte gehofft, daß Osmer kurzen Prozeß machen würde. Je länger dies alles dauerte, desto größer wurde die Gefahr einer Entdekkung, was wiederum zu einem Riesenskandal führen würde. Und niemand konnte ihn dann davor bewahren, nicht seine Anwälte und auch nicht seine Beziehungen zu einigen bedeutenden Persönlichkeiten.

Als Ballam ins Foyer zurückkehrte, wo Genee Maggiore mit dem Gast aus Spanien gewartet hatte, wirkte Ballam etwas fahrig. Dies fiel dem Gast sofort auf. »Es wäre mir äußerst peinlich, wenn meine Anwesenheit Ihnen Unannehmlichkeiten bereiten würde«, sagte er, aber Ballam wehrte energisch ab.

»Aber nicht doch, Señor Dominguez. Es ist mir eine Ehre, Ihnen zu Diensten zu sein. Kommen Sie, ich mache Sie mit einigen meiner Stammgäste bekannt, alles Herrschaften aus der erlesensten Gesellschaft.«

Der Spanier zeigte sich äußerst interessiert, äußerte aber bald den Wunsch, sich in einen kleinen Raum zurückziehen zu dürfen, in dem sich die Kunden ihren Rauschträumen ergeben konnten.

»Darf ich Sie um Ihre Gesellschaft bitten, Señor Ballam«, sagte Rafael Dominguez.

»Es ist mir eine Ehre«, entgegnete Ballam, und er begleitete seinen Gast in ein schummeriges Zimmer, in dem sich zur Zeit niemand aufhielt.

Es war still in diesem Raum. Ballam bat Genee Maggiore, sich ein wenig um die anderen Gäste zu kümmern, während er sich selbst um das Wohlbefinden des Spaniers bemühen wollte.

Rafael Dominguez, der eigentlich Leon Gonsalez hieß und keineswegs ein spanischer Theaterschauspieler war, sondern einer der erfolgreichsten Detektive Londons, machte es sich in einem der wuchtigen Plüschsessel bequem. Als ihn Gregory Ballam nach seinem Wunsch befragte und ihm eine Opiumpfeife empfahl, wehrte er ab.

»Ich hoffe, Ihre Gefühle nicht zu verletzen, wenn ich Ihnen sage, daß ich gewöhnlich meinen eigenen Stoff dabei habe, Señor Ballam«, sagte er und lächelte so entwaffnend, daß Ballam gar nicht dazukam, verletzt zu sein. Im Gegenteil, interessiert beugte er sich vor, als der Spanier eine silberne Dose hervorzauberte und ihr eine grünliche, harzige Pille entnahm.

»Was ist denn das?« fragte er neugierig.

»Das ist meine eigene Mischung«, verkündete Leon Gonsalez stolz. »*Canabis indica.* Opium und etwas türkischer Tabak. Dieser Stoff ist noch etwas milder als Opium, die Wirkung allerdings noch wundervoller.«

Ein Chinese erschien und trug Kaffee auf, während Leon das Kügelchen mit Daumen und Zeigefinger zerdrückte, bis es in Krümel zerfiel. Damit stopfte er eine Pfeife, die ihm Ballam entgegenhielt. »Meine Mischung können Sie mit einem einfachen Streichholz anzünden«, sagte Leon. »Sie brauchen keinen Spirituskocher dazu.«

»Das ist ja interessant«, gab Ballam zu. »Das würde einiges vereinfachen, nicht wahr?« Er nippte an seinem Kaffee, aber Leon fiel der argwöhnische Ausdruck in den Augen Ballams auf, obwohl sich dieser Mühe gab, seine innere Unruhe zu verbergen.

»Eigentlich wollte ich Sie noch etwas fragen, Señor Ballam«, sagte Leon und lehnte sich im Sessel zurück. »Verursacht Ihnen der Betrieb eines solchen Lokales nicht schlaflose Nächte?«

»Nun seien Sie doch nicht wunderlich«, entgegnete Ballam fast etwas verärgert. »Warum sollte ich denn schlaflose Nächte haben?«

Sein Gast lächelte. »Nun, es gibt Leute, die ein solches Lokal gern geschlossen haben würden. Außerdem nehme ich an, daß Scotland Yard auch nicht gerade begeistert davon ist, dieses Etablissement zu tolerieren.«

»Und wie kommen Sie auf solch unsinnige Gedanken, Dominguez?« fragte Ballam, nun sichtlich aus der Ruhe gebracht.

»Ich hatte beim Dinner Gelegenheit, mich mit Miß Maggiore über diese Dinge zu unterhalten. Nun, machen Sie sich nichts draus, mein Freund, ich stehe voll und ganz auf Ihrer Seite. Hier, versuchen Sie mal meine Mischung.«

»Trotzdem würde ich gern wissen, was Sie mit Miß Maggiore besprochen haben, Señor Dominguez«, beharrte Ballam, griff aber nach der Pfeife, die ihm Leon anbot.

»Nun, es gibt doch Leute, die durch das Rauschgift ziemlich aus dem Gleis geworfen wurden, ließ ich mir sagen.«

Jetzt lachte Ballam auf. »Ach, Sie meinen John Didsworth, einen Berufskollegen von Ihnen. Well, lassen Sie sich sagen, daß es sich bei diesem jungen Mann um einen äußerst labilen Menschen handelte, der obendrein ziemlich verrückt war, wenn Sie verstehen, was ich meine.«

»Ein Normalfall war er nicht?«

»Keineswegs. Außerdem gehen mich solche Dinge nichts an. Bei mir kaufen sich die Leute soviel Vergnügen, wie sie es sonst nirgendwo bekommen. Wir haben eben nur ein Leben, und wir müssen alle einmal sterben, nicht wahr?«

»Manche Menschen sterben aber zweimal«, erwiderte Leon trocken. »Menschen, die ihr Bewußtsein unter Einfluß von Drogen verlieren und zu Mördern geworden sind, wenn sie wieder aufwachen. Miß Maggiore erzählte mir, daß John Didsworth Glück hatte, daß er jene Touristin nicht tödlich verletzte.«

»Wie ich schon sagte, Didsworth war ein Verrückter«, entgegnete Ballam und nahm mit offensichtlicher Befriedigung einen Zug aus der Pfeife. »Wirklich eine gute Mischung«, stellte er genüßlich fest.

Leon lächelte hintergründig. »Im Osten gibt es ein Rauschgift, das die Leute Bal nennen«, sagte er. »Es macht die Menschen rasend und wahnsinnig.«

Ballam winkte ab. »Ach, von solchem Zeug habe ich auch schon gehört, aber es interessiert mich nicht.« Er streckte Leon die Pfeife entgegen. »Hier, genießen Sie diesen Abend, Señor Dominguez. Er geht schnell vorüber, und morgen, bei Tageslicht, holt uns die nackte Wirklichkeit wieder ein.«

Leon wehrte ab. »Im Gegenteil, Señor Ballam, diese Sache sollte Sie sehr interessieren.« Das Lächeln in Leons Gesicht verstärkte sich. Es war ein fast dämonisches Lächeln, das Ballam hätte aufmerksam machen sollen.

»Zum Teufel, was ist denn eigentlich mit Ihnen los, Dominguez?« sagte er. »Wissen Sie, ich habe weder Zeit noch Lust, mich mit Ihnen über Dinge zu unterhalten, die mich nichts angehen. Ich hoffe, Sie sind mir deshalb nicht gram.«

»Keineswegs, Señor Ballam. Und trotzdem möchte ich Ihnen mitteilen, daß dieses Rauschgift Bal, das die Menschen zu Amokläufern macht, stärker ist als irgendein anderes Mittel, das Sie hier in Ihrem Etablissement anbieten.«

»Was hat denn das mit mir zu tun?«

»Sehr viel«, sagte Leon, und jetzt wich das Lächeln aus

seinem Gesicht. »Sie rauchen nämlich im Moment das doppelte Quantum von dem, was ein gewöhnlicher Mensch vertragen kann.«

Mit einem Schreckensschrei sprang Ballam auf, aber er konnte sich später nicht mehr an die weiteren Vorgänge besinnen. Es war ihm nur, als ob ihm irgend etwas den Schädel gespalten hätte. Ein grelles Licht blendete seine Augen, dann schienen Tausende von Jahren an ihm vorbeizuziehen. Eine Ewigkeit lang wurde er von stechenden Blitzen geschreckt, und ein donnerndes Grollen betäubte seine Ohren. Er hörte flüsternde, geheimnisvolle Stimmen, und eine namenlose Unruhe bemächtigte sich seiner. Manchmal kam ihm zum Bewußtsein, daß er sprach, und er lauschte begierig seinen eigenen Worten, die in seinem Kopf durcheinanderwirbelten und keinen Sinn ergaben. Zuweilen wurde er unterbrochen. Es war ihm, als redeten fremde, unsichtbare Geister zu ihm und verhöhnten ihn, und er hatte das lähmende Gefühl, daß ihn jemand durch einen langen schwarzen Tunnel verfolgte, der nie mehr aufhören wollte.

Wie lange dieser Zustand andauerte, konnte er schließlich selbst nicht beurteilen. In einer halb bewußtlosen Verfassung versuchte er, die Zeit nachzurechnen, aber er fand, daß er keinen Sinn mehr dafür besaß. Es schienen ihm viele Jahre verflossen zu sein, als er mit einem tiefen Seufzer die Augen öffnete. Er betastete mit der Hand seinen schmerzenden Kopf, und allmählich wurde ihm klar, daß er auf einem Bett lag. Es war hart, und die Kopfstütze noch härter. Er starrte zu der weißgetünchten Decke hoch und betrachtete dann die kahlen, gekalkten Wände. Als er über die Seite seines Lagers schaute, wurde er gewahr, daß der Fußboden aus

Eisenbeton bestand. Zwei Lichter brannten in dem kleinen Raum, eines auf dem Tisch und eines in der Ecke, wo ein Mann auf einem Hocker saß und Zeitung las. Der Mann kam ihm ganz sonderbar vor, und er blinzelte zu ihm hinüber. »Ich träume natürlich«, sagte er laut.

Der Mann blickte auf. »Hallo! Wollen Sie aufstehen?«

Ballam antwortete nicht. Er starrte noch mit offenem Mund umher und traute seinen Sinnen nicht. Der Mann war in Uniform, trug einen dunklen, eng anliegenden Rock und hatte einen Ledergürtel umgeschnallt. Auf dem Kopf saß eine Mütze mit einer Kokarde. Ballam las die Buchstaben auf den Schulterstücken.

»A. W.«, hörte er sich leise sagen. »A. W.«

Die Buchstaben verwirrten ihn, oder vielmehr ihre Bedeutung war es, die ihn aus der Fassung brachte.

Assistenz-Wärter!

Er schaute sich im Raum um. Es war nur ein Fenster zu sehen, das mit schweren, eisernen Gitterstäben versehen war. Dickes Milchglas war dort eingesetzt. An der Wand hing ein Anschlag. Ballam erhob sich mit großer Mühe vom Bett, das eigentlich mehr eine Pritsche war. Er stand unsicher auf den Beinen. Der Wächter beobachtete ihn argwöhnisch, ohne ein Wort zu sagen. Langsam schlurfte er zur Wand, um den Text am Anschlagbrett zu lesen.

DIENSTVORSCHRIFTEN FÜR KÖNIGLICHE GEFÄNGNISSE

Ballam schluckte. Die Buchstaben flimmerten vor seinen Augen. Er blickte an sich herunter. Allem Anschein nach war er in Socken und Unterzeug ins Bett gegangen, aber die Hose, die er trug, war aus einem rauhen, gelblichgrauen Stoff und über und über mit verwaschenen Pfeilen bedruckt.

Ballam stockte der Atem bei der Erkenntnis, daß er einen Sträflingsanzug trug. Ja, er befand sich im Gefängnis!

Er hob den Kopf. Wie lange mochte er hier sein?

Der Wächter blickte ihn forschend an. »Wollen Sie sich heute anständig benehmen?« fragte er kurz. »Wir haben keine Lust, noch mehr von diesen Spektakelszenen zu erleben, wie Sie gestern wieder eine aufgeführt haben.«

Spektakelszenen? Gregory Ballam versuchte nachzudenken, aber es gelang ihm nicht, sich zu erinnern. »Seit wann bin ich denn eigentlich hier?« stieß er heiser hervor.

»Sie wissen doch ganz genau, wie lange Sie hier sind. Seit dem Urteil. Gestern waren es drei Wochen.«

»Drei Wochen!« rief Ballam entsetzt. »Wessen hat man mich denn angeklagt?«

Der Wächter runzelte die Stirn. »Nun fangen Sie nur nicht wieder mit demselben Quatsch an, mein lieber Ballam!« sagte er eindringlich. Er hatte eine keineswegs unfreundliche Stimme. »Sie wissen ganz genau, daß es mir verboten ist, mich mit Ihnen zu unterhalten. Legen Sie sich wieder aufs Bett und schlafen Sie. Manchmal denke ich wirklich, daß Sie so verrückt sind, wie Sie sich anstellen.«

»Was ist denn passiert?« fragte Ballam verständnislos. »Was habe ich denn angestellt? Irgendwelche Dummheiten . . .«

»Dummheiten?« Der Wärter wandte sich erstaunt um. »Ich war zwar bei der Gerichtsverhandlung nicht dabei, aber es stand in allen Zeitungen, daß Sie sich wie ein Verrückter benommen hätten. Und als der Richter Sie zum Tode verurteilte, da sollen Sie sich losgerissen und beinahe die Schranken gestürmt haben, dabei . . .«

»Mein Gott!« schrie Ballam. Er sank kreidebleich und vernichtet auf seine Pritsche zurück. »Zum Tode verurteilt!« Es gelang ihm kaum, die Worte auszusprechen. »Was habe ich denn getan? Bitte, sagen Sie es mir! Was habe ich getan?«

Der Wärter schüttelte den Kopf.

»Tun Sie nur nicht, als wüßten Sie von nichts.«

»Ich weiß von nichts! Ich weiß überhaupt nichts!«

»Mein lieber Ballam, versuchen Sie nur nicht, bei mir Mitleid erregen zu wollen. Diese abscheuliche Tat verdient nicht das geringste Verständnis.«

»Welche Tat?« Ballam war dabei aufzuspringen, aber der Wärter hob drohend den Zeigefinger. »Wenn Sie mir Schwierigkeiten machen, lasse ich Sie wieder in Ketten legen.«

Da sanken Ballams Schultern herab. »Was habe ich getan?« fragte er leise.

»Sie haben die junge Dame umgebracht!« sagte der Wärter kalt. »Das wissen Sie doch ganz genau. Ich wundere mich nur über Sie, daß Sie mir nun auch noch solch ein Theater vorspielen, nachdem ich doch die ganze Zeit so gut zu Ihnen war, Ballam. Wenn es nach den anderen ginge, hätten Sie die ganze Zeit in Eisen gelegen. Warum wollen Sie sich das Ende noch schwerer machen, als es ohnehin schon ist? An ihrer Stelle trüge ich die Strafe wie ein Mann.«

Ballam wollte etwas erwidern, aber da gewahrte er den Abreißkalender über dem Platz des Wärters.

»Der zwölfte Januar«, las Ballam. Am liebsten hätte er wieder laut aufgeschrien. Denn Anfang November war es gewesen, als er den seltsamen Fremden als Gast in seinem Etablissement bedient hatte. Oder war es anders gewesen? Hatte nicht er sich bedienen lassen? Allmählich fiel es ihm wie Schuppen von den Augen. Die Erinnerung kehrte zurück. Bilder tauchten im Nebel auf. Die grüne Pille. Bal, das Rauschgift, das die Menschen zum Wahnsinn trieb.

Der Gedanke, daß ihm etwas Böses widerfahren war, riß ihn hoch. Er sprang jäh auf.

»Ich will den Gefängnisdirektor sprechen!« rief er schrill. »Ich will ihm die Wahrheit sagen. Ich will ihm alles sagen, was sich zugetragen hat ... Ich wurde betäubt!«

»All den Unsinn haben Sie uns ja früher schon wer weiß wie oft erzählt«, erwiderte der Wärter ärgerlich. »Als Sie die junge Dame umgebracht haben, da ...«

»Welche junge Dame?« schrie Ballam. »Doch nicht etwa Miß Maggiore! Sagen Sie nicht, daß ich Miß Maggiore ein Haar gekrümmt habe. Das ist ...«

»Versuchen Sie doch nicht, mir etwas vorzumachen, Ballam«, unterbrach ihn der Wärter beinahe freundlich. »Sie wissen doch selbst am besten, daß Sie sie umgebracht haben. Und zwar auf grauenhafte Weise. Jetzt hat es doch keinen Zweck mehr, mir eine Komödie vorspielen zu wollen. Wir wissen doch alles aus Ihrem eigenen Mund. Es ist also ganz sinnlos, daß Sie heute wieder einen solchen Spektakel aufführen. Ausgerechnet in dieser Nacht!«

»Welcher Nacht?« Ballam merkte, wie ihm der Schweiß aus allen Poren drang. »Was ist los? Was ist mit dieser Nacht?«

»Es ist eine besondere Nacht, Ballam. Das wissen Sie doch auch.«

»Ich weiß nichts. Ich weiß gar nichts.«

»Sehen Sie, deshalb hat der Richter Sie zum Tode verurteilt und keine mildernden Umstände angenommen. Sie wollten einfach nicht mit der Sprache heraus.«

»Über was? Was hätte ich sagen sollen?«

»Was mit John Didsworth passiert ist.«

»Nichts ist mit John Didsworth passiert. Ich hatte keinerlei Beziehungen mit diesem Mann. Ich kannte ihn nicht, außer vom Theater.«

Der Wärter lächelte.

»Und der Mann, der mit dem Taxi nach Hause fahren wollte und das Unglück verschuldet hat?«

»Ich weiß nicht, wovon Sie reden.«

»Nun, Ballam, es ist jetzt ohnehin nicht mehr wichtig.«

»Ich muß den Gefängnisdirektor sehen!« brüllte Ballam. »Kann ich ihm nicht schreiben?«

»Natürlich dürfen Sie ihm schreiben, wenn es Ihnen Spaß macht«, sagte der Wärter und zeigte auf den kleinen Tisch mit der Lampe.

Ballam taumelte hin und setzte sich auf den Stuhl. Er zitterte an allen Gliedern. Vor sich sah er ein halbes Dutzend großer, blauer Briefbogen, auf denen mit schwarzer Schrift »Königliches Gefängnis Wandsworth S. W. J.« gedruckt stand.

Er war im Wandsworth-Gefängnis. Wieder schaute er sich in der Zelle um. Sie machte eigentlich kaum den Eindruck einer Zelle, und doch mußte es wahr sein. Es war alles so schrecklich kahl, und die Tür war fest mit Eisen beschlagen. Er war früher niemals in einer Gefängniszelle gewesen, und sie sah doch ganz anders aus, als er sie sich immer vorgestellt hatte.

Plötzlich kam ihm ein furchtbarer Gedanke.

»Wann – wann – findet die Hinrichtung statt?« Er mußte die Worte förmlich herauswürgen, denn in seiner Kehle steckte ein dicker Kloß.

»In der Frühe!« sagte der Wärter.

Die ganze Welt brach für Ballam mit einem Schlag zusammen. Er fiel vornüber auf den Tisch und vergrub den Kopf in seinen Armen. Ein Weinkrampf befiel ihn. Aber nach einer Weile fand er neue Kraft in sich, neue Hoffnung. Er riß sich zusammen und begann in fieberhafter Eile zu schreiben. Er konnte kaum klar sehen. Immer wieder traten ihm Tränen in die geröteten Augen.

Was er schrieb, war ihm völlig zusammenhanglos. Er bettelte um Gnade. Er erzählte von einem Mann, der in seinen Klub gekommen war und ihm Gift gegeben hatte. Er schrieb von seiner Liebe zu Miß Maggiore. Die Sache mit John Didsworth fiel ihm ein. Das Taxiunglück. Er schrieb alles durcheinander, wußte beim nächsten Satz nicht mehr, was er zuvor zu Papier gebracht hatte. Schließlich konnte er nicht mehr weiterschreiben. Schluchzend brach er über dem Papier zusammen. Und in seiner Verzweiflung kam ihm der Gedanke, daß dies alles überhaupt nicht die Wirklichkeit war, sondern nur eine Halluzination, ein furchtbarer Rauschtraum. Er schlug seine Fäuste mit aller Gewalt auf die Tischplatte nieder und schrie vor Schmerzen laut auf.

»Lassen Sie das bleiben!« fuhr ihn der Wärter streng an. »Jetzt legen Sie sich sofort wieder aufs Bett.«

Ballam blickte auf die blutenden Knöchel nieder. Es war alles bittere Wahrheit; die Zelle, der Wärter, das Todesurteil . . .

Er erhob sich schwankend. Der Wärter kam herüber und stützte ihn.

»Wollen Sie den Zettel nicht wenigstens unterschreiben, Ballam?« fragte er. »Immerhin behaupten Sie darin, unschuldig zu sein, nicht wahr?«

Ballam schluckte und unterschrieb mit zitternder Hand. Dann ließ er sich zur Pritsche führen, wo er in einen ohnmachtsähnlichen Schlaf verfiel. Als er aufs neue erwachte, saß der Wärter wieder auf seinem Platz und blätterte in der Zeitung. Es schien Ballam, als wäre er stundenlang im Halbschlaf gelegen, obwohl es in Wirklichkeit nur ein paar Minuten gewesen waren. Und jedesmal, wenn er aufschreckte, sagte eine Stimme in seinem Innern: »Heute morgen mußt du sterben!«

Einmal sprang er in unheimlicher Angst vom Bett auf und schrie laut vor Furcht. Der Wärter mußte ihn niederdrücken.

»Wenn Sie noch mehr solchen Unfug machen, muß ich einen anderen Beamten rufen. Dann legen wir Sie wieder in Ketten.«

»Ich habe Angst«, gestand Ballam kleinlaut.

»Todesangst. Ich weiß. So geht es fast allen. Aber einige tragen dies alles mit Ruhe. Vielleicht gelingt Ihnen das auch, wenn Sie an die armen Menschen denken, die Sie selbst in den Tod getrieben haben.«

»Schwächlinge«, stieß Ballam leise hervor, aber dann lag er still und dachte an Genee Maggiore. Er konnte sich nicht erinnern, ihr etwas angetan zu haben. Aber das hatte doch der Spanier gesagt. Bal macht die Menschen wahnsinnig, so daß sie nicht wissen, was sie tun. Wie Didsworth. Der hatte auch nicht mehr gewußt, was er tat, als er von der Treppe des Albert Memorial auf das Mädchen schoß. Oder Rodney Low, den er selbst einem Mörder ausgeliefert hatte.

Plötzlich berührte der Wärter Ballam sanft an der Schulter. Er schrak hoch und sah seine eigenen Kleider sorgfältig zusammengefaltet auf dem Stuhl beim Tisch liegen. Eilig kleidete er sich an und schaute sich suchend um.

»Wo ist mein Kragen?« fragte er zitternd.

»Den brauchen Sie heute morgen wohl kaum«, entgegnete der Wärter mit grimmigem Humor.

Ballam fing wieder an, am ganzen Leib zu beben. Er wollte etwas sagen, aber seine Zähne schlugen gegeneinander, und er brachte kein Wort hervor.

»Nehmen Sie sich doch endlich zusammen!« ermahnte ihn der Wärter. »Andere Leute haben das alles auch durchmachen müssen. Ganz zu schweigen von jenen, die Sie selbst zugrunde gerichtet haben in Ihrer Rauschgifthöhle.«

»Die Leute kamen doch freiwillig«, stieß Ballam hervor.

»Das macht keinen Unterschied. Sie sind es, der Ihnen das Gift verschafft hat. Wissen Sie, Leute, die mit Rauschgift handeln, sind die schlimmsten Kreaturen auf dieser Welt.«

Ballam ließ sich auf den Rand der Pritsche zurücksinken und vergrub sein Gesicht in den Händen. Plötzlich öffnete sich die Tür, und ein Mann kam herein. Er war schlank und groß, und er trug einen dunklen Anzug, ein weißes Hemd mit Stehkragen und Lackschuhe.

Der Wärter packte Ballam an der Schulter, stellte ihn auf die Füße und drehte ihn um.

»Legen Sie jetzt bitte die Hände auf den Rücken, Mr. Ballam«, forderte er den Gefangenen höflich auf.

»Wer . . . wer ist das?« fragte Ballam stockend.

»Mr. Watterson«, sagte der Wärter. »Er ist für die Hinrichtung zuständig.« Während er sprach, legte er Ballam Handschellen an.

»Und der Priester?« fragte Ballam verzweifelt. »Ich will ein Geständnis ablegen.«

»Das, Mr. Ballam, hätten Sie sich früher überlegen sollen«, sagte Mr. Watterson. »Jetzt ist es zu spät. Aber

Reverend Lloyd wird Sie beim Galgen erwarten.« Mr. Watterson gab dem Wärter ein Zeichen. Sofort ging das Licht aus. Jemand zog Ballam eine Kapuze über das Gesicht, und er glaubte, hinter sich Stimmen zu vernehmen.

Ballam konnte sich kaum mehr aufrecht halten. Seine Knie waren butterweich. Die Gedanken, die ihm im Kopf herumwirbelten, brachten ihn an den Rand der Verzweiflung. Er war nicht darauf vorbereitet, auf diese Art zu sterben. Seine Nerven würden ihn zuletzt noch im Stich lassen, das merkte er schon jetzt ganz deutlich. Aber er hatte doch immer gehört, daß bei Hinrichtungen ein Geistlicher zugegen sein mußte, um seelischen Beistand zu leisten. Reverend Lloyd wartete beim Galgen. Ballam merkte, wie sein Mund trocken wurde. Zwei Leute packten ihn bei den Armen und führten ihn langsam vorwärts durch die Tür. Er spürte frische, feuchte Luft durch seine Kleider dringen. Aber durch die schwarze Kappe drang kein Lichtschein. Der Weg schien endlos zu sein. Plötzlich gaben seine Knie nach. Die Männer mußten ihn stützen.

Schließlich hielten sie an. Ballam hörte nur noch das Rauschen seines eigenen Blutes, seinen hämmernden Herzschlag. Und dann die Stimme eines Manes.

»Bleiben Sie bitte stehen, wo Sie sind, Mr. Ballam.«

Das muß der Reverend sein, dachte Ballam. Er stand still. Hatte er die Falltür schon unter seinen Füßen?

Jemand legte ihm eine Schlinge um den Hals, und er wartete, wartete verzweifelt und in Todesangst. Minuten vergingen, die ihm wie Stunden erschienen. Er versuchte, regelmäßig und tief zu atmen. Er merkte, wie seine Augen zu brennen anfingen. Lange war kein Geräusch mehr zu hören, dann vernahm er harte Schritte.

Jemand kam auf ihn zu und blieb bei ihm stehen. Er wurde hart am Arm gepackt.

»Was machen Sie denn hier, mein Herr?« fragte eine heisere Stimme.

Die Kapuze wurde ihm vom Kopf gezogen. Zu seiner Überraschung stand er auf der Straße. Es war Nacht. In der Nähe brannte eine Laterne. Der Mann, der ihn neugierig betrachtete, war ein Polizist in Uniform.

»Sie haben ja einen Strick um den Hals . . . und Ihre Hände sind mit Handschellen gefesselt! Hat man Sie überfallen?«

Ballam schüttelte den Kopf. Er wollte etwas sagen, aber seine Stimme versagte ihm ihren Dienst.

»Oder soll das vielleicht ein Scherz sein?« fragte der Polizist zweifelnd. »Ich bin erstaunt. So ein alter Herr wie Sie erlaubt sich einen solchen Schabernack. Können Sie sich vielleicht ausweisen?«

Gregory Ballam stieß mühsam seinen Namen hervor.

»Ballam?« fragte der Polizist erstaunt. »Gregory Ballam? Das ist kaum zu glauben, Sir. Ich habe Mr. Ballam in ganz anderer Erinnerung.« Der Polizist wollte wieder nach Gregory Ballams Arm greifen, aber dieser trat schnell zurück.

»Lassen Sie mich in Ruhe«, sagte er rauh. »Ich habe nichts auf dem Kerbholz. Wenn Sie etwas für mich tun wollen, Konstabler, rufen Sie bitte ein Taxi herbei, das mich in die Jermyn Street bringt, wo ich zu Hause bin.«

»Sind Sie sicher, daß Sie keine Hilfe brauchen?« fragte der Konstabler argwöhnisch.

»Absolut«, erwiderte Gregory Ballam. Er fühlte sich wieder etwas wohler, nachdem er festgestellt hatte, daß er tatsächlich nicht unter dem Galgen stand. Vielmehr erkannte er die Umgebung. Die Häuser waren seine eigenen. Er befand sich in der Montague Street. Nirgendwo brannte ein Licht, auch nicht in der Wohnung des älteren Ehepaares.

Der Konstabler verließ ihn und holte tatsächlich ein Taxi herbei.

Gregory Ballam stieg etwas umständlich ein und bat den verdutzten Fahrer, ihn nach Hause zu bringen. Dem Konstabler riet er Stillschweigen zu bewahren, falls ihm seine weitere Karriere als Polizist etwas bedeutete. Gregory Ballam war wieder der alte, nachdem er vor wenigen Minuten zum erstenmal in seinem Leben gestorben war.

Es war Franky Clinkenbeard gewesen, der Willard Osmer mit einer Bratpfanne niedergeschlagen hatte, als sich dieser über Rodney Low beugte.

Als Inspektor Philander Dearborn mit den beiden Taxifahrern den alten ausrangierten Eisenbahnwagen stürmte, war eigentlich alles schon erledigt. Osmer lag lang ausgestreckt auf den morschen Brettern, und Rodney Low hockte im Bremserhäuschen auf seinem Lager. Er zeigte verstört auf den Ohnmächtigen.

»Das ist er«, keuchte er. »Das ist der Mann, der Julie umgebracht hat.«

Dearborn, der mit gezogenem Dienstrevolver hereingekommen war, stand breitbeinig über Willard Osmer.

»Kennen Sie den Mann?« fragte er.

»Ich habe ihn nur einmal gesehen«, sagte Rodney Low. »Er hat Julie umgebracht und dann auf mich geschossen. Hier, da habe ich die Schramme.« Er deutete gegen seine Seite.

»Wer sind Sie eigentlich?« fragte Johnny Hathcock grimmig. »Was stellen Sie sich über diesem Verbrecher auf, als hätten Sie es auf eine Jagdtrophäe abgesehen? Franky hier hat ihm eins auf den Schädel gedonnert, und falls es dafür eine Belohnung geben sollte, steht sie ihm zu, nicht wahr!«

»Absolut«, sagte Dearborn und zückte seinen Dienstausweis. »Die Herrschaften haben einen gefährlichen Verbrecher unschädlich gemacht, und dafür wird Ihnen Lob und Ehre zuteil werden.«

Grimmig steckte Dearborn Ausweis und Revolver ein, kniete nieder und legte Willard Osmer Handschellen an, gerade, als der wieder zu sich kam.

Er blickte sich verwirrt um. Franky Clinkenbeard grinste auf ihn nieder. »Man sollte nie jemand unterschätzen«, sagte er. »Auch nicht einen, der aussieht, als könnte er keiner Fliege etwas zuleide tun.«

Willard Osmer lächelte. So leicht würde man ihm nichts anhängen können, davon war er überzeugt. Außerdem konnte er sich auf seinen Auftraggeber verlassen, der ihn niemals im Stich lassen würde.

Ballam hastete, so gut es ging, den Kiesweg entlang auf das Portal seines Herrschaftshauses zu. Dort erwartete ihn wie immer Malcolm, der livrierte Diener, aber zur Überraschung Ballams wollte ihm Malcolm die Tür vor der Nase zuschlagen.

»Fremde haben keinen Zutritt«, sagte er bestimmt. »Ich dachte, es handelt sich bei Ihnen um den Herrn des Hauses, Sir. Der klingelt nämlich dreimal, wenn er nach Hause kommt.«

»Ich bin der Herr des Hauses, Malcolm!« schnaufte Gregory Ballam, und er stieß den Diener einfach zur Seite. Schon in der Halle sah er zu seinem Schrecken, warum ihn Malcolm nicht wiedererkannt hatte. Im Licht des Kronleuchters betrachtete er sich ungläubig im großen Spiegel der Garderobe. Sein Haar war schlohweiß, sein Gesicht das eines alten Mannes.

»Gregory!« Die Stimme von Genee Maggiore kam aus dem Wohnzimmer. Ballam merkte, wie ihm heiß und kalt wurde. Genee Maggiore, die Frau, die er getötet haben sollte. Er stürzte ins Wohnzimmer, blieb aber dort auf dem großen Perserteppich wie angewurzelt stehen.

Da standen und saßen sie alle; Rafael Dominguez, der Spanier. Aber er trug jetzt keinen Oberlippenbart mehr, und seine Kleidung war typisch englisch. Neben ihm in einem Polsterstuhl saß der Wärter aus dem Gefängnis, ohne Mütze und mit einer Zigarette im Mund. Er hatte die Beine übereinandergeschlagen und lächelte zu Genee Maggiore auf, die ein einfaches Kleid trug und eine Blume am Ausschnitt. Neben ihr stand Inspektor Philander Dearborn von Scotland Yard, noch immer im Trenchcoat. Sein Assistent Peter Roos lümmelte beim Fenster herum. Und Mr. Watterson war ebenfalls zugegen. Er hielt ein Stück Strick in seinen Händen und lächelte versonnen.

Gregory Ballam schluckte. Er brauchte Zeit, bis er sich gefaßt hatte. »Darf ich vielleicht wissen, was hier vor sich geht?« fragte er. »Was soll diese Versammlung in meinem Haus bedeuten?«

»Ich habe die Herrschaften hereingebeten«, sagte Genee Maggiore.

»Du?« Ballam lachte auf. »Ich dachte, du bist tot.«

Sie schüttelte den Kopf. »Nein, Gregory Ballam, mich hast du nicht umgebracht. Aber mein Bruder starb, weil er deinem Rauschgift verfallen war.«

»Dein Bruder? Ich kenne deinen Bruder nicht! Ich wußte nicht einmal, daß du einen Bruder hast.«

»John Didsworth«, sagte sie. »Das war mein Bruder. Maggiore, das ist nichts als ein Künstlername. In Wirklichkeit heiße ich Genee Didsworth.«

Ballam wurde leichenblaß in seinem alten Gesicht. Aber er gab nicht auf.

»Niemand kann mir etwas nachweisen«, schnappte er. »Niemand kann mir irgendeine Schuld in die Schuhe schieben.«

Kaum hatte er ausgesprochen, öffnete sich die Seitentür, die in das Studierzimmer führte, und zwei Beamte von Scotland Yard führten Willard Osmer herein. Jetzt wußte Ballam erst, daß er ausgespielt hatte, und alle konnten deutlich erkenen, wie seine Schultern langsam herabsanken. Er gab auf.

Dearborn trat vor. Er brauchte Ballam nicht einmal mehr Handschellen anzulegen.

»Mr. Gregory Ballam, ich verhafte Sie wegen Anstiftung zum Mord, wegen Handel mit Rauschgift, fahrlässiger Tötung und einiger anderer Delikte, die Ihnen noch zur Last gelegt werden. Wenn Sie wollen, dürfen Sie gern Mr. Frederick Gilbert, Ihren verdienten Anwalt, anrufen, aber diesmal, mein Lieber, wird Sie keine Macht der Welt vor der gerechten Strafe bewahren.«

Gregory Ballam hob den Kopf. Ein merkwürdiges Lächeln verzerrte seine Züge.

»Mir können Sie nichts mehr antun, Inspektor«, sagte er leise. »Ich bin heute gestorben.«

Dearborn und der Mann, der sich als Rafael Dominguez ausgegeben hatte, wechselten einen Blick. Sie wußten, daß Gregory Ballam für seine Verbrechen zweimal sterben würde, das zweitemal aber richtig. Und nachdem die Beamten Ballam abgeführt hatten, gab Dearborn Leon Gonsalez die Hand.

»Ich habe mich immer gefragt, wozu Sie die blauen Briefbögen mit dem Aufdruck haben wollten und das Exemplar der Gefängnis-Dienstvorschriften. Ich hätte mir denken können, daß Sie mit Ballam etwas Besonderes vorhaben, Gonsalez.«

»Ich wollte nicht mehr als ein Geständnis von ihm«, sagte Leon und zog das Papier aus der Tasche, das Ballam in der Zelle unterschrieben hatte, die eigentlich nichts anderes als die kleine neue Garage im Hinterhof der Häuser gewesen war, die Ballam gehörten. Hier hatten sie alles für Gregory Ballams letzten Tag hergerichtet, der dann begonnen hatte, als Leon dem Verbrecher ungesehen ein starkes Schlafmittel in den Kaffee geträufelt hatte. Das war vor wenigen Stunden gewesen. Inzwischen war es schon beinahe wieder Tag, aber für Gregory Ballam war eine Ewigkeit vergangen.

Edgar Wallace

Nacherzählt von Alex Barclay

Das Silberne Dreieck
und
Die türkischen Vasen

Junge Amateurdetektive sollten auch nach diesem Band fahnden. Vielleicht merken sie eher als der ewig verschnupfte Inspektor Dearborn, wer der Täter ist. Schon schwieriger wird es sein, das Kombinationstalent des Silbernen Dreiecks zu übertreffen. Aber Spaß und Spannung sind zwei Ergebnisse, die sich bei der Lektüre auf jeden Fall einstellen werden.

C. Bertelsmann Jugendbuch

Edgar Wallace
speziell für
Kinder als Hörspiele 12 x
auf LP + MC vom
»Hexer bis zum Zinker«!
maritim
FOLGE 3
Edgar Wallace
DER HEXER
Kriminal-Hörspiel nach dem berühmten Roman von
EDGAR WALLACE
...für Kinder
EXCLUSIV
VON
maritim
Es ist unmöglich, von
Edgar Wallace nicht
gefesselt zu sein!
G+J
Ist die LP/MC im Handel vergriffen,
wenden Sie sich an: Gruner + Jahr AG & Co.,
Bereich Tonträger · Fontenay 11
Postfach 30 20 40 · 2 Hamburg 36